路遥方知语

西小洛 著

天津出版传媒集团
天津人民出版社

图书在版编目（CIP）数据

路遥方知语 / 西小洛著. -- 天津 : 天津人民出版社, 2017.11
ISBN 978-7-201-12317-2

Ⅰ. ①路… Ⅱ. ①西… Ⅲ. ①中篇小说 - 中国 - 当代
Ⅳ. ①I247.5

中国版本图书馆CIP数据核字(2017)第216553号

路遥方知语

LU YAO FANG ZHI YU

出　　版　天津人民出版社
出 版 人　黄　沛
地　　址　天津市和平区西康路35号康岳大厦
邮政编码　300051
邮购电话　（022）23332469
网　　址　http：//www.tjrmcbs.com
电子信箱　tjrmcbs@126.com

责任编辑　玮丽斯
策划编辑　蔡咏梅
装帧设计　杨思慧　齐晓婷

制版印刷　湖南省众鑫印务有限公司
经　　销　新华书店
开　　本　660×960毫米　1/16
印　　张　16
字　　数　181千字
版权印次　2017年11月第1版　2017年11月第1次印刷
定　　价　26.80元

目录

CONTENTS

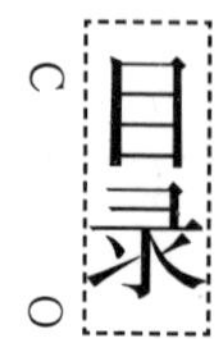

CONTENTS

楔子

▲▽

9月26日晚，空气闷热。

小吃摊边上围了一群看热闹的人，里面还包括穿着蓝背心摇着蒲扇的老大爷。小吃摊的老板肩上挂着一条白色毛巾，缩着大肚子朝着我挥挥手，叫苦道："哎呀！姑奶奶哟，快别打了！你打坏的这些东西老汉赔不起啊！"

我无视他的话，紧紧摁着身下男生的脑袋，狠狠问道："服不服？"

"哎哟喂……杀人啦……"男生撇着脖子，龇牙咧嘴地叫道。

他两只手被我反擒在背后，脑袋被我的另一只手紧紧地摁在桌上，旁边的狼狈现场是刚才我的一个扫堂腿留下的。

"筱筱，行了行了，咱们赶紧走啊，别惹事儿。"同学郭楠在后面不停地催促我，他估计是怕四周拿着手机拍拍拍的人，一不小心把视频传上微博火了，他这个出主意溜出来吃饭的带头人会被惩罚吧！

"行行行，行什么行？这臭流氓不给我道歉，我就不放他走。"我又加了一道力气，眼神落在泼满啤酒的胸口，厌恶不已。

死流氓，臭变态！

被我压制住的男生动弹不得，忙改口好声好气道：“哎呀大姐，哦不，奶奶！我错了，我流氓，我不要脸，你！你快松手，我这个姿势要抽筋了！”

“道歉！”我恶狠狠地瞪着他。

“是是是，对不起，我不好。”男生哼唧哼唧地说着。

我放开手，男生活络了下酸痛的手臂，扭头斜眼看着我，眼神落在我的胸上，嘴角还抹着一丝笑。

我恼怒，一手捂胸，另一只手朝他面门扫过去，男生躲得快，还贱兮兮地朝我扭屁股，说：“打不着，打不着！”

“禽兽！”我面红耳赤，朝他嚷着。

郭楠立马过来搂着我的肩膀，说：“好了好了，不跟地痞流氓一般见识，赶紧走，要是老张知道了就不好了。”我心有不甘地被郭楠带走，咬牙切齿道，“下一次要是被我撞见，我非要把他揍成肉泥！”

传出去太丢脸了，作为马上要进入精英训练营最优秀的女学生，居然在小吃摊上被一个无赖泼酒调戏，这简直是我警校生涯的一大耻辱！

不可饶恕！

路遥方知语

第一章

耻辱的初遇

路遥方知语

▲▽

【1】

半个小时前。

“四大火炉城市”这个称呼可不是白来的，一到夏天，重庆这座山城就像是被闷在蒸笼里的一样，温度高得难受，就连9月晚上吹来的一丝风，都夹着酷暑末尾的炎热。

我，名叫方语筱，警校的大二学生，刚因为优秀的表现被教官破例赐予进入精英训练营的资格，进入精英训练营就意味着我离实习警察的路不远了。

同班的好哥们儿郭楠为了庆祝这个大喜的日子，带着小谢和我来吃路边摊。

“别小看这小小摊子，味道可比五星级酒店好多了。”郭楠招呼着我入座，熟练地跟老板点了几个菜，又开了一箱冰冻的啤酒。

我在学校里，男生能干的事情我也能干，所以他们一般都不把我当女生看。每次班上有女生因为训练累得要放弃的时候，他们就会指着我，说我是全校女生的榜样，就因为这个，导致学校好多女生都看我不顺眼，恨不得找个机会揪住我的小辫子说方语筱其实也没有传说中的那么强悍。

我咬开啤酒盖，咕咚咕咚就下去了半瓶酒，我说："不好好训练，附近哪家东西好吃你倒是记得清楚，当心被老张知道了又要被罚负重跑。"

"你不说我不说，小谢不说。谁知道？"郭楠丝毫不在乎。

"我们都没说你不还是被罚过吗？"我揭底。

小谢拦住我，说："筱筱你别管他，他皮厚，再说要不是托他的福，我们还要守着食堂那点喂猪的东西吃呢。"

"呵！就是。"郭楠得意道。

我丢了两记白眼给他，不解释。

如果今天没有碰到能让我在半个小时后当场发飙的事情的话，我想今晚一定是个令人难忘的夜晚。

我跟郭楠、小谢喝酒喝到一半，作为警校学生特有的直觉，我总感觉背后有一双淫贼的眼睛在盯着我。

我回头好几次观察，只看到后桌上围了四个男生，看样子是其他学校的新生。

我一回头，他们就安安分分的，我一回过头，背后的眼睛就亮了起来。这样会使我心烦意乱，吃不好饭。

郭楠发现我的小动作，笑着打趣我说："看样子你这朵大二的警花，连外校的小男生都吸引得住啊。”

“姐天生丽质难自弃。”我剜他一眼，走到摊边去又选了一些串串。

“老板，再给我煮十多串羊肉串。”身后一个朗朗纯净的声音响起。我没做多想，回头往座位走回去，却在转身时撞上了这个声音好听的人。

不，准确说，应该是他刻意站在我的正后方，让我撞的。

冰冰凉凉的啤酒从他手上洒在我的领口，白色的T恤顿时湿了一大片。

“哎呀，对不起对不起，我帮你擦擦。”男生从裤兜里掏出纸巾，往我的胸上抹去。

是，是胸，我的34D胸。

我脸上一阵凉白，盯着这个不知天高地厚的家伙，对着他的脸就是一巴掌！

一时间，四周静了下来。

郭楠和小谢往我这边看来，四周的摊位都往我这边看来。被我扇了一巴掌的男生歪着脑袋，半天才回过神来，我看见他惊愕的神情慢慢变得难堪，从嘴里挤出了两个字。

“我……去……”

“去你妹！臭流氓！”我反擒眼前高我半个头的小流氓，将他的脑袋死死地按在羊肉串摊上。四下的人皆惊坐起来，立马将我们围成一个圈，拿着手机拍摄的人不亦乐乎，只当运气好出门撞上一场好戏。

“这都什么运气，居然碰上个有身手的……”被我按住脑袋又制住手臂的男生五官挤在羊肉串里，变得扭曲和狰狞。他的同伴见状围上来，连忙道歉，“美女美女，对不住，咱哥们儿开个玩笑，别生气啊。”

“滚一边儿去！”我冲他们三个嚷道，今天这臭小子要不给我道歉，我就要揍死他！

围观的群众越来越多，大家都在劝我松手，却没有一个人敢真的上前让我松手。趴在羊肉摊上的男生见我态度强硬，终于松口道：“好了好了姑奶奶，我错了，您大人有大量，不跟我这种小人一般见识好吗？”

“说对不起。”我加重手里的力道，手指穿过他头发，连同头皮一起抓住。

“对不起，我真的错了！”男生不再反抗，我能感觉到手底下的他已然放弃了挣扎。我松开手，男生的同伴赶紧将他扶起来，他揉了揉发酸的脖子，将嘴角的生羊肉沫呸了出去。我怒目而视，瞪着那张欠扁的脸，发誓要牢牢记下，若下次不幸再遇见，不废他半个胳膊我就不叫方语筱！

男生喘了口气，嘴角带笑地看着我。随后，他目光又往下一移，我心中一惊，捂住胸口。

“好凶器。”男生咧开一排白齿，戏弄地说道。

“王八蛋！”我顿怒，飞腿扫去，郭楠和小谢立即拉住我胳膊，将我往后拖，道，“别别别，筱筱！”

男生被他的哥们儿拥着给架走，我失去理智地大叫：“色胚！有胆留下名字，看本姑娘不剁了你！我剁了你！”

“筱筱，别生气别生气，犯得着跟市井流氓生气吗？乖啊乖，咱们先走。”郭楠连忙宽慰我，我挣开他的束缚，恼羞地瞪了他一眼。

围观群众拿着手机好不热闹地拍着我，我心中心烦气躁，冲他们挥手道：“拍什么拍，去！”然后，我也没了吃烧烤的心情，黑着一张脸回去了学校。

可一回学校，我就知道自己今天有些冲动了。如果因此教官给我记了什么过的话，那我进入精英训练营的机会岂不泡汤了？

镜子面前，我用毛巾裹着自己的齐唇短发，心不在焉地揉着。如果因此我受到处分的话，那个臭流氓就别想在这个城市活下去。

【2】

翌日，我果不其然地被叫去了老张的办公室。办公室里，他淡定地将电脑推到我面前，上面播放着一段视频。视频里咬牙切齿将一个“无辜”市民打得落花流水的女英雄就是我。

“报告教官，我看完了。”我舔舔嘴唇，端正站好，等待处分。

老张将电脑屏幕面对着他，懒洋洋地靠在沙发上，大拇指指端抵着自己的牙齿，有模有样地评论：“筱筱，你这身手还挺不错的。”

我如泄气的皮球耷拉着双臂，可怜兮兮地说：“行了老张你别挖苦我了，说吧，上面打算怎么处罚我。”

老张也不卖关子了，遗憾地望着我，说：“筱筱啊，上面暂且把你进入精英训练营的名额摘去了。你不要难过，如果你后面表现得好，还是会有机会的。你是这堆女生当中最优秀的一个，上面不会真的放弃你。”

我知道老张说这么多是为了安慰我，可是我被摘去名额是事实。我离精英训练营远了一步，离实习警察远了一步，离我八年的愿望远了一步。

我鼻头一酸，狠狠地咬着上唇，最后吐出一口气，强颜欢笑说：“没事儿老张，我会继续努力的！”

老张叹了口气，看着故意提起一口气将难过的情绪压制在心底的我，说：“筱筱，我给你放一周的假，你好好调节一下，等心情好点儿再来学校吧。”

“谢谢教官。”我对着老张行了个礼，说，“那，我出去了。”

“去吧。”

我笑笑，转身走出了办公室。

郭楠和小谢在外面等着我，一见我出来了，纷纷跟在我后面手足无措。我挺起胸膛、目不转睛地往前面走着，我想，这有什么关系呢？我好好表现争取下一次的机会就好了。

可即便是这样，我心里仍旧会难过、会失落，会为了昨晚遇到的人而感到生气。

我咽不下这口气，扭头对小谢说道：“小谢，你帮我去查一下那家伙的底细！我不甘心！”

“筱筱，你不会还要……”小谢惊呼一声，忙又捂住嘴回头看着老张办公室的方向。

我说："你放心，这次我有分寸了。那家伙害得我错失了这么好的一个机会，我非要给他点颜色看看！"

小谢拿不定主意，看向郭楠，郭楠用胳膊肘捅了捅他，说："照筱筱说的话去做。"

"好，我找个理由出去，用网吧的电脑帮你拿到那家伙的资料。"小谢说。

我扬起眉毛，点了点头，双手背在背后，潇洒地走出了学校。

既然老张给我一个周末休息的时间，我一定会好好利用的。

回到家的半个小时，我收到了小谢发过来的短信，上面是昨晚那个男生的详细资料。

路遥，男，本地人，理工大学网络工程2015级的学生。另外还附带了他的家庭住址以及非主流时期在网络论坛上发表言论的链接。

也就是说，这个只有十九岁的臭流氓近在咫尺喽。我握着手里的手机，指间加大了力度。

"踏破铁鞋无觅处，臭小子，你就给我等着吧！"我咬牙切齿，快速地翻着通讯录，找到蓝小贝的名字拨了过去，不等对方讲话，我便说，"小贝，有空吗？我过去你学校找你玩儿。"

"难得筱筱姐你放假啊，只要你来，我没空也得有空。"蓝小贝甜甜地说。

“行，下午一点我过去，去了电话联系。”我挂上电话，将手机叩放在桌面。

那张桌子上干干净净的，只放着一个相框。相框里是一片纯白景象，中间堆了个粗糙的小雪人，十三岁少年脸上的笑容足以暖化整个冬天，他将一团雪球偷偷放进五岁女孩的帽子里，女孩还为了上一秒他抢走她棒棒糖而眼角挂泪。

我拿起相框，抱得那样紧，我说：“放心吧，我一定会找到你的。”

我搁下相框，在衣柜里翻了一件最漂亮的衣服，然后对着镜子涂脂抹粉，给自己勾勒了一张精致的妆容，再戴上了墨镜。随即，我出卧室换上高跟鞋，刚买菜回来的妈妈打开门一见我这副模样，诧异地问：“筱筱你要外出啊？”

“例行公事，我晚上回来吃饭啊妈。”我狡黠地拍拍妈妈的肩膀，转身钻出了房门。

不是我吹牛，被评为警校校花的我对自己的颜值还是很有信心的，若不然，那个叫路遥的浑小子怎么会挑我找麻烦？若不然，我这次过去理工大学，怎么引起他的注意？

搭着地铁在理工大学下车，我看见蓝小贝躲在校门口建筑的阴影里。我撑着一把蕾丝镶边的紫色太阳伞，走过去一把将蓝小贝搂进怀里，边走边问：“等久了吧？”

蓝小贝抬头看着我，心照不宣地问："不久，话说筱筱，你特意打扮得这么美，不单单是来看我吧？"

不愧是我的发小，我想要做什么都瞒不住她。

我将太阳伞往后轻轻一扬，墨镜下的双眼微微眯起。看着眼前这栋粉刷成蓝色的教学楼，我缓缓地将嘴角勾起，说："哼——我呀……是来报仇的。"

"我们学校有人惹了你？"蓝小贝吃惊地捂住嘴巴，她潜意识里也许在说，天呐，谁还有胆量和命敢惹你啊筱筱姐。

我侧着身体，在蓝小贝耳边说了段悄悄话，蓝小贝立刻给我做了个OK的手势，说："包在我身上，你先去社团活动室等我吧。"

然后，蓝小贝立即撒开脚丫子跑开，可爱的BOBO头在阳光下一跳一跳的。我笑着继续往教学楼走去，最后钻进了D四楼的社团活动室。

我仔细检查过了，这间活动室里没有安装摄像头，所以，我就算把那个叫路遥的小子打死在这里也没人知道。不过，我可不会打死他，身为未来的人民警察，这么恶劣而又不讨便宜的事情我怎么会做呢？

我坏笑着从包里拿出我的"秘密武器"，咬牙切齿道："这下你插翅难逃了吧？"

【3】

二十分钟后，我隔着一个楼层都听到了蓝小贝"哎哟哎哟"的声音。

果不其然，一会儿的工夫，我就看见她被一个大块头背着，旁边还跟着献殷勤的路遥。

“哎呀！贝贝，你这是怎么了？”我故作惊讶地迎上去，两个呆子的眼睛正直直地盯着我。我今天可化了个大浓妆，上次见面又是晚上，他们定是认不出我了，不过，作为一个有职业道德的色狼和流氓，他们一定不会放过这么好的机会跟美女套近乎。

蓝小贝有气无力地趴在大块头的背上，幽怨地说：“可倒霉了，刚刚走路不小心崴了脚，幸好遇到这两位学弟帮我。”

“那可真是感谢了。”我连忙侧过身体做邀请状，“两位帅哥把我朋友放下来我看看，你们这边坐坐，吹吹空调。”

我帮着大块头将蓝小贝放下，让她坐在椅子上，蹲下身帮她揉着脚踝。我余光所及之处，清晰地看见了路遥和大块头坐下，盯着我露出的大腿正无耻地商量着写什么。

我冷笑一声，起身将门关上并反锁，转身微笑着对他们说：“这次真是谢谢你们了，我拿点饮料给你们喝。”

“哎，美女，别客气，我们自己来。”路遥说着就要起身过来帮忙，可是他一起身时，便感觉臀部的重量重了许多，一扭头才发现椅子已经牢牢地粘在了裤子上。

蓝小贝没忍住，掩面轻笑了声，大块头见状想去帮助路遥，却没料到自己的裤子也粘上椅子。我见此，故作恍悟，捂着脸抱歉道：“哎呀对不起啊，我忘了这两张椅子上涂了胶水，天呐，这胶水黏性可强了，因为撕不下来，所以……只能把裤子脱了哟。”我戏谑地看着路遥，等着他露出狼狈的模样。

大块头还没反应过来，似是不明白我为何要这么做。倒是路遥，听见我不加掩饰的声音后浓眉一拧，怪异地盯着我，许久后，他开口试探：“34D警花姐姐？”

“啊！那个揍你的人！”大块头顿悟。

既然他们已经认出我了，我也没必要拐弯了。我双手环胸，靠在门边，不屑道：“真是不开心啊，本来给你们准备了四张椅子，没想到你们只来了两个人。”

椅子的重量总会让裤子不由自主地往下滑，路遥提着裤子大步流星地走到我面前，以身高优势俯视着我，笑问：“警花姐姐，昨晚是我不对，你也不至于为了再见到我而打扮得这么漂亮吧？”他拍了拍屁股后面的椅子，又说，“这个见面礼我们收下了，您‘胸怀天下’，就行行好让我们走呗。”

我慢悠悠地站直身体，迎上路遥的目光，一字一句道：“你害我失去了进精英训练营的资格，我会这么轻易地放了你？不过我很善良的，你要出去可以啊，裤子脱了呗。”

路遥保持着僵硬的微笑，说：“你不是给我开玩笑吧。”

“我这么认真，你看我像是开玩笑吗？”我微笑着，眼中迸射着坚定的光芒不容商讨。

路遥看着我良久，最后深吸一口，后退一步，说：“脱就脱。”

然后，他果断地脱下了自己的裤子，那动作一气呵成，丝毫不拖泥带水。蓝小贝许是被他这流氓的行为吓住了，尖叫一声立即捂着眼睛将脑袋扭到一边。

我将早就打开摄像头的手机对准路遥的裤裆，行云流水般地按下拍照键。路遥脸色一变，连忙提起裤子，防备似的瞪着我：“你套路我！”

“我有吗？”我一摊手，故意耸肩。

路遥急红了脸，他也许想看到我和蓝小贝一样的反应，但却没算准我已经熟知他的行为，根本不屑一顾。

我转身，将门拉开，如礼仪小姐般温柔，说：“慢走啊，两位。”

大块头是个拿不定主意的人，一看我要放他们走，便看向路遥，等着他拿主意。路遥虎视眈眈地盯着我，说：“大丈夫能屈能伸，且不跟小女人一般见识！胖样儿，咱们走。”说完，便挺起胸膛，雄赳赳气昂昂地离开了。我慢悠悠地跟在后面，看到他们在转角时匆匆忙忙地跑去了男厕。

“筱筱。”蓝小贝贼头贼脑地从社团活动室里走出来，好奇地问我，“你怎么知道他们会把我带上来啊？”

“流氓的本性呀。”我笑着看向蓝小贝，伸出手指头勾了勾她的下巴，“小美人儿。”

“那你接下来怎么办？如果你一直报复他，那你跟他之间的梁子就会越结越深。”蓝小贝担心地看着我，我知道她在担心我的身份，如果被教官们知道了，我肯定又得挨训。

我无所谓道：“只要能出这口气，被罚就被罚呗。反正我最想进的训练营也进不去了，不怕多被罚一点。”

“筱筱啊。”蓝小贝挽着我的胳膊，安慰我道，“你要相信自己，你这么优秀，机会不会白白溜走的。你想要做的事情也一定会做到的，那种害你错失良机的人你不要理他！老天会惩罚他的！”

我微微一笑，说：“行了，不用安慰我，我还不至于就这样被打击到。我先回去了，晚上答应我妈回去吃饭。”

“嗯！那我就不留你了。”蓝小贝笑着说，酒窝陷进去，特别可爱。

我抓了抓她的头发，跟她告别后离开。

【4】

蓝小贝是我在幼稚园的时候认识的一个小姑娘，她那时爱哭，妈妈不在就哭、饭不想吃也要哭。班上调皮的男生整天“爱哭鬼、爱哭鬼”地叫她，那样，她就哭得更伤心了。

我不忍心大家欺负她，于是就一直保护着她。我们念同一所小学，一起上下学、一起学习、一起成长，甚至说过以后要做同样的工作、嫁给同一座城市的男人。

直到我十二岁那年，那场在陡峭山腰间疾驰剧烈的追逐，让我最亲的人从此失去音讯。于是，我发誓我要变得强大，我发誓倾尽这一生我都要找到他。

那时，我爸爸妈妈都反对我当警察，他们说，他们失去了一个孩子，不想再失去另一个孩子。我承受着父母的反对，默默地在风雨里前行，是蓝小贝一直在鼓励我，视我为她此生唯一的偶像，相信我的骁勇，相信我一定能完成心中的愿望，于是，我一直坚持到现在，说服我的父母，朝我的目标慢慢地迈过去。

如果不是路遥的话，如果不是他！

我站在地铁里，看着我拍下的路遥的照片，抓住扶手的手指掐得泛白。忽然，我感觉到了一双灼热的目光，我一抬头，看见了站我旁边大叔诧异而又意味深长的眼神。

哦，如花似玉的大姑娘在地铁上盯着一张男人裤裆的照片目不转睛，这个社会可真是令人难以捉摸。

我果断地收好手机，地铁一到站我就低着头钻了出去。

到家后，我迅速地将自己锁在卧室。拔掉网线，连接上公共wifi，在理工大学的论坛上注册了一个账号，账号名取为“路遥知马力”。

我思索了一会儿，在论坛上发了一个贴“学姐们，你们看我这平角裤尺码对吗？”然后，我将路遥那张照片贴了上去。末了，我拍拍手，将电脑合上。

话题已经抛出去了，至于吃瓜群众怎么议论，这就不关我的事了。我往后仰着，脑袋吊在椅背上，长舒了口气。

晚上，蓝小贝给我打来电话，为我报告后续之事。她说："筱筱，回帖已经好几百了，有人扒出了路遥的专业和寝室号，但是到现在为止，还不见路遥或者跟他有关的人出来说一句话。"

"臭名远昭，谁愿意帮他？再说他知道我是警校学生了，说明那天晚上我揍他的视频已经被很多人看过了，他若是还要脸，这时就应该保持沉默。"我靠在床头，用手指抚平贴在脸上的小黄瓜片。

"可是筱筱，你不怕那个路遥报复回来吗？"蓝小贝担心问。

"我还怕他不报复我呢。"我翻了个白眼。

他最好来报复我，毕竟我整他的方式还没展现痛快。

我挂上电话，将脸上的黄瓜片一片片拎起来扔进垃圾桶里。我觉得，老张给我放一周的假，就是让我来发泄心中不快的。

我躺在床上，先什么都不管了，睡觉再说。

第二天上午，我是被蓝小贝的尖叫声吵醒的。她打来电话，我还迷迷糊糊的没醒过来，电话那端便传来了她的尖叫声，那声音之尖锐快要刺破我的耳膜了。

我的心脏陡然一跳，惊坐起来，揉了揉乱糟糟的头发，惊喊道："蓝小贝！"

"筱筱……"蓝小贝的声音里裹着哭腔，说，"我被威胁了……"

"你在哪儿？"我听到蓝小贝的声音，迅捷地将睡衣换下，穿了件包臂的韩版宽松白T恤。蓝小贝弱弱地说，“我……我在酷玩电玩城这里。”

我将手机放在桌上，按下扩音，说：“别怕，我马上过来。”我胡乱扎了个半丸子头，穿上一条短裤，提着包包杀向电玩城。

我知道，威胁蓝小贝的人非路遥莫属。因为我方语筱活了二十年，以前的仇人早就东西南北不在这座城市了。现在唯一的仇人就是路遥！

正当我在心里把路遥已经大卸八块的时候，我已经赶到了酷玩电玩城，但是，眼前的一幕却让我深度怀疑蓝小贝到底是不是被威胁了。

此时此刻的蓝小贝正站在夹娃娃机面前，专心致志地夹着玩偶娃娃，旁边站着路遥身边的那个大块头，一只手里拿着一杯快要融化的华夫冰激凌，一只手里拿着装有游戏币的杯子。

“蓝小贝。”我拔高声音，以一种不可抵挡的冷艳气场走过去。

蓝小贝一听见我的声音，扭向这边，兴冲冲地跑过来：“筱筱！你来啦！我等你好久了！”

我半眯着眼，上下打量着蓝小贝，蓝小贝反应过来，心虚地往后一躲，嘿嘿地笑着。

“怎么回事？”我问。

蓝小贝抠着脸蛋儿，不敢看我，说：“被威胁没错啦，但不是你想象的那样。”

于是，蓝小贝给我复述了事情的真相。

她有晨跑的习惯，今天早上晨跑时忽然被路遥四人拦住，他们不顾她的惊叫声带她去吃了碗酸辣粉，然后“挟持”她来到电玩城，在无人且黑暗的过道里逼她打电话给我。蓝小贝本不想打电话，可四个男人在她面前“嘿嘿嘿”地奸笑，说：“学姐，如果你不打电话的话我们可能控制不住自己体内的洪荒之力哦。”

然后，蓝小贝就吓得给我打电话了。

再然后，路遥就放了蓝小贝，让这个叫庞阳的大块头给她买了喜欢的冰激凌，带着她在电玩城玩游戏。

蓝小贝指指里间，小声地说：“他在里面等你呢。”

我无语地看了她一眼，随即走向里间。现在时间比较早，电玩城里的人不多，路遥三人正坐在环游赛车前，玩儿得不亦乐乎。

寸头的男生似乎感觉到有人进来了，扭头一看，乍眼没认出我，再看了一眼后便拍着路遥的胳膊。路遥扭头，见我来了，不慌不忙地跑完一圈才从椅子上站起来，走向我。

“找我做什么。”我连看都懒得看他，语气不好地问。

路遥笑眯眯的，将另外两人招呼过来，一个一个给我介绍：“来，介绍我朋友给你认识，这个看起来老老实实的叫马力，别看他长得一般，人不可貌相，他可是个电脑高手。这个流里流气的叫杨一飞，是个仗义的富二代。我呢，你已经认识了，我叫路遥。”

我漫不经心地抬起眸子望向路遥，问：“想跟我套近乎吗？”

路遥笑了笑，说：“哪有，你看啊，那天晚上我对你耍流氓了，昨天你对我耍流氓了，咱们扯平了。”

“咱们可没扯平。”我不吃这一套，说。

“好啦。”路遥靠近我，低着头，脸上的笑容里充满着暧昧。他说，“别闹啦宝宝。”

我脚下一个趔趄，差点儿没站稳。他、他叫我什么？我抬头望着他，他咖啡色的眸子里裹着耐人寻味的笑意，我往后退了一步，扭头看向电玩城里渐渐走进来的玩家，不好的预感在我心头升起。

“你胡说什么！”我瞪着路遥，压低声音怒道。

路遥垂着手臂，楚楚可怜地说：“宝宝你别生气了，你看，我说了我不介意啊。”

他的声音慢慢拔高，引来玩家们观望。在他们眼中，就像看到一对寻常情侣在吵架一样，谁都会好奇地想多看两眼。

我咬着唇，脸上无比尴尬，道：“你闭嘴！你别乱说！”

“宝宝……”路遥凄惨地喊着我，伸出双臂似是索要安慰，我一惊，顿时后退几步警惕地看着他。没想到他诧异地看我两眼，然后故作不解问道，“为什么？为什么我已经不怪你了，你还要躲着我？那个男人就那么好吗！”

“你胡说八道什么呀！”我高声叫道，怒不可遏。

路遥痛苦地捂着脸，再将手拿下来的时候，脸上是两片泪痕。我顿时彻底膜拜他了，他戏演得也太好了吧！中央戏精学院毕业的？居然能说哭就哭，还这么的歪曲事实！

“筱筱，我们认识十年了，从高一就在一起了，难道这么长久的感情都比不过那个你只认识了三天的男人吗？他有什么好？那么老、那么忙！除了给你钱，他能为你做什么？”路遥一步步逼近我，成功地将自己塑造成了一个被女友抛弃的可怜男人形象。

是啊，这个男人爱她至深，甚至原谅她劈腿。可女人呢？为了一个有钱的大佬，狠心抛下了认识十年的男友，这要谁都会说女方的不是。此计之毒，不可饶恕！

我攥紧拳头，刚想一脚踢爆他脑袋，可转念想到老张对我的惩罚，我心下立即就打住了。路遥是要逼我动手，让我承受这些围观者的“道德批判”，这样，他就得逞了！

我望着对着我们指指点点的青年男女，无脸与路遥对峙，干脆不理他，转身就走。

“筱筱，你还是决定要走吗？”路遥追上来拽着我的手，我迅速转身，抬起膝盖，用力顶在路遥的裆下。路遥痛哼一声，身子一弓，这下是真痛苦到要哭了。

“不好意思啊，这真是自我保护的惯性动作，怪不得我。”我淡淡地说道，然后离开了电玩城。

身后是怎样的一片狼藉我不想揣摩，走到楼下的时候，蓝小贝捧着冰激凌跑了下来。我停住脚步，扭头看向她，道：“蓝小贝，你跟他们合伙耍我是吧？”

“我、我没有。”蓝小贝喊冤道，“他们的确把我抓到了这里，但是、但是我也不知道他们为什么……啊！”她恍然大悟道，“他们是想借用我引你出来报复你！”

我无语地揣着手，不想在这里久留。蓝小贝踩着小碎步跟着我，说：“筱筱，别生气嘛，我错了，我带你去吃好吃的。”

“我还没洗漱呢。”我无力地拒绝，抬手叫了辆出租车，不等蓝小贝说完就钻了进去，“师父，南岸区万寿华庭。”

蓝小贝在车外拍了几下窗户，我没有理她。

坐在车上，看着倒退的风景，想着我跟路遥彼此互相对付，我心里忽然沉甸甸的。我哪怕削了他的骨，我进入精英训练营的资格也换不回来了，可我如果不让他好看，我心中始终愤愤不平。

我掏出手机打开相册，翻出了一张照片。照片上是个还未完全褪去青涩的少年，穿着崭新的警服，站在阳光斑驳的树影下，对我比着“V”的手势。他露出一排皓齿，脸上的笑容胜过我所见的每一缕阳光。

“如果是你，你会怎么做呢？”我的指腹抚摸过屏幕上他的脸，内心变得惆怅。

【5】

我忽然想起两年前，我刚高考完。

路遥方知语

那天的温度像是将人闷在蒸笼里一样，我飞快地骑着脚踏车，洁白的校服后背被我的汗渍湿透。我以最快的速度回到家里，爸爸妈妈已经做好了一桌子的饭菜，早早地说过要给我好好犒劳一下。

“筱筱，这么快就回来了？快来洗手吃饭。”妈妈放下一碗鲫鱼汤，在围裙上擦了擦手，走过来拉我。

原本他们俩的爱平分给了家里的两个孩子，可是他们现在连同另一份爱也给了我，这么多年来，我感受得无比真切。

“爸妈，我有话要跟你们说。”我站在原地，妈妈来拉我，我没动。

他们看着我，我吸了口气，最后闭上眼睛豁出去道：“爸妈，我要考警校！”

爸爸手中的碗碟悉数掉落在地上，他的两只手还呈端碗的动作，但却清晰地哆嗦了一下。

我紧张地看着他，又看向妈妈，妈妈的眼眶瞬间湿润，背对着我偷偷地擦拭着眼角。

“不是很早就跟你说了，考什么学校都好，就是不能考警校吗？”爸爸站在客厅中央，声音里像被绑着沉重的铅球。

我默默无言，最后道：“对不起爸，从我十二岁那年开始，这就成了我唯一的梦想，我要考上警校，成为警察。”

还不到五十岁的妈妈佝偻着身子坐到了沙发上，埋着头一遍一遍地抹泪，隐隐地抽泣起来。我心有不忍，道：“妈……你别这样。”

“你们都想离开我们，都是这样想的！”妈妈终于开口，声音里有太多悲伤和无奈。

“我没有这样想过。”我解释。

爸爸偏过头来，皱眉问：“你忘了维维是怎么死的吗？你也想步他后尘吗！”

“哥哥他没有死！”我大声反驳道，眼泪猝不及防地淌下，“爸爸！我就是想找到哥哥才要当警察的，这也是哥哥从小的梦想不是吗？我不信他死了……我没有亲眼见到他的尸体，我就是不信！”

“可是这么多年了，他要是没有死他为什么不回来见我们？为什么那些警察找了这么多年也没找到他！”爸爸猛地一拍桌子，道，“什么狗屁梦想啊！他要是不当警察，他能死吗？”

“爸……”我摇着头，心里似铁钳在拧一样，说，“爸……妈……哥哥、哥哥是为了救我才出事的……我懂你们心里的难过，可是这五年来我更难过，我经常梦见以前的事情，梦见哥哥还在身边，我心里的自责在五年里越来越沉重，我如果不找到他……我会一辈子生活在这样的折磨当中的……爸……我求你了……”

客厅里静得可怕，只有偶尔传来的抽泣和叹息声。本来热气腾腾的饭桌现在也变成了残羹冷炙，我站在门口，双手手指紧紧掐着手心。

良久，爸爸转身回了房间，说：“你若是跟你哥哥一样不顾你爸妈未来的死活，那你就去吧……”

然后，他进了卧室，妈妈也跟了进去，那天，他们再也没有出来过。

我依旧站在门口，听着客厅里时钟滴滴答答地转动。餐桌上用猪油炒好的菜慢慢地凝固起来，我鼻子酸酸的，眼泪大颗大颗地滚落下来。

两个小时后，我将饭菜全部热了一遍，然后规规矩矩地坐在餐桌旁边等爸妈出来吃饭，可是等了许久，他们仍旧不出来。我起身去敲他们的房门，沙哑着声音喊道："爸妈，吃饭。"

他们没回我。

"爸妈……"我开口，喉咙里像被厚厚的尘埃给堵住，"我……"我紧紧咬着嘴唇，上面渗出隐隐约约的血迹，"我……我不考警校了……你们出来吃饭吧……爸爸……"我伏在门边，难过地哭了起来。

几分钟后，妈妈开了门出来，叹了口气说："我把饭菜拿一点进去给你爸爸吃吧。"

我侧身让开，可仍旧止不住地啜泣。

"别哭了，你也吃一点吧。"妈妈端着饭菜走到我身边对我说，然后又进了卧室关上门。

可我哪里有什么胃口吃饭呢？我心中的委屈与难过无处诉说，我跑进自己的卧室趴在床上，那天，我哭了整整一晚上。我想，哥哥，我的力量这么薄弱，我如果不当警察，我怎么找得到你？可是如果我当警察，爸爸妈妈就会难过，他们已经失去了你，如何能再失去我？

那天的那个选择，是我人生当中最艰难的一个选择。

成绩出来的那天，就要开始填志愿了，我一整天都将自己关在屋子里，看着第一志愿的空白处，输入了警校的名字又删除，输入了又删除，如此反复多次后，我崩溃地趴在桌上大哭起来。

妈妈听见声音进来看我，我将她推出门，反锁好，蹲在门后咬着自己的手臂不让自己发出任何声音。眼泪“嗒嗒嗒”地滴在手背上，没一会儿，整个手背就湿透了。

不知过了多久，敲门声响起。

我赶紧抹了抹泪，控制不住抽噎地去开门，是爸爸。

爸爸走进来，慢慢地在我的电脑前坐下，然后，在我的第一志愿里输入了我想去的警校的名字。

“爸爸！”我吃惊地看着他点击确认键，半天都不知道这是何意。

爸爸站起来，看着我，像是深思熟虑后说：“筱筱，如果阻止你会让你这么难过，那么身为父亲的爸爸会觉得，我不是一个好父亲。筱筱答应爸爸，无论找不找得到哥哥，你都要好好地保护自己，你是爸爸唯一的女儿，现在是爸爸唯一的一个孩子，你啊……就是我跟你妈的命，所以一定要保护好自己，你知道吗？”

“爸……”我扑进爸爸的怀里，蹭在他的肩膀上，爸爸拍了拍我的后背，最终叹息了一声。

从那天起，我贴了两张便利贴在自己的书桌前，一张是“找到哥哥”、一张是“不让爸妈难过”。我知道，爸妈答应让我考去警校，一定在心里与自己的思想做了莫大的争斗，我也一定会好好努力，不让他们担心，也不让自己后悔。

可现在，我丢失了进入精英训练营的机会，我还不敢对爸妈说起。

前头司机师傅刹住车，对我说：“小姑娘，万寿华庭到了。”

我想了一会儿，又说：“抱歉师傅，我现在不下车，能带我去一趟城南墓地吗？”

我想去看看哥哥，想跟他说说话，我想，那些让我迷茫和纠结的，他一定会给我一个答案。

因为从小到大，他都那样呵护我、疼爱我，为我解答一切困惑。

我相信，现在、此时此刻，甚至未来，也会是一样的。

第二章

八年前的噩梦

路遥方知语

【1】

城南墓地。

这里离城市不算很远，能隐隐约约听见钢筋水泥中的机械声。当初将哥哥的安息之所选在这里，爸爸说，如果他想家了，想回来看看，就不至于走那么久了。

可是这座坟墓中，只有哥哥的衣物，除此之外，别无其他。

白色的墓碑上贴着哥哥二十岁时候的照片，少年风姿，无可匹敌。

我将来时路上买的百合花放在墓碑前，看着照片道："哥哥，我又来看你了，你要等我，我很快就可以找到你了。"

回答我的是从旷野上吹来的风，我蹲下身来，坐在墓碑旁边，自言自语："哥，你说筱筱是不是特别没用？都这么大了，还像小时候一样克制不住自己的脾气，老是惹祸上身。你说我只要隐忍一点、冷静一点，是不是很多事情就会变得轻松许多了？咱们是亲兄妹，怎么性格就差那么多呢。”我坐着，抓着头发，无尽地长叹。

许多时候，我思想中明白孰轻孰重，但就是无法克制骨子里的冲动和好强。小时候，爸爸妈妈买了什么东西，我总想比哥哥多要一份，哥哥十分疼我，我要什么他便给我什么，所以我想啊，我生来就该是被幸福眷顾的小公主，谁也不能欺负我谁也不能反抗我。

哥哥走后，我才惊觉，当初只不过一直生活在他们的臂弯下，所以才有恃无恐罢了。

太阳从云层里探出脑袋，一大片墓地都笼罩在了日光之下。我不知道坐了多久，感觉微热后起身，跟哥哥告别，慢慢地往马路边走去。

这里较为偏僻，要走到可以打车的地方需要走将近半个小时。我踩着零星的树影，脑海里想着一些乱七八糟的事情，竟不知不觉地发现自己早已从城郊走到城内了。我不再想恼火之事，打车回了家。妈妈早就做好了饭菜在等我。

自从我念警校之后，他们就没在我面前提过哥哥了，也许怕我难过，也许怕自己难过。

老张给我的假期只剩最后一天了，这天一大清早我就爬起来，想给爸爸妈妈买点东西，至少将冰箱填满，让他们在家里想吃什么就吃什么。

超市里，我选了满满一大购物车的东西，准备排队结账。周日早上的超市十分拥挤，多为抢新鲜蔬菜的老太太和阿姨，结账的地方排起了长长的队伍。

路遥方知语

我等得无聊，掏出手机打发时间。可这时，我无意一瞥却瞧见前方等候结账的老太太身旁站着一个年轻男人，他用自己买的一袋零食挡在他和老太的中间，眼神老是往老太的裤兜里张望。

敏锐的直觉告诉我，他在伺机作案。果不其然，我正观察着，忽而发现他收回手，夹了个东西在自己的腋下。

小偷！我怒目斥道："喂！干什么呢！"

男人心虚地往身后一看，见我指着他，立马如泥鳅一般从护栏下钻出去。我迅速脱下高跟鞋，翻身跃过护栏，快速追了上去！

"可恶！"我看着下身穿着的紧身裙，懊恨自己为何因爱美要穿这碍事的东西，身为警校学生明明该对周围有时刻的警惕之心，万一有什么意外，也好方便擒拿作案者啊。

看着小偷越跑越远，我心下一狠，将紧身裙撕开一个口子，随手抓住停车位上的路锥就朝小偷的腿甩去。小偷的腿被击中，软绵绵地扑了下去，我赶紧跑上去将小偷制伏在身下，超市的保安赶过来将他抓了起来。

一个黑色皮夹包掉落在地上，我捡起来打开一看，里面有不少的现金以及银行卡身份证。

"又是你啊，警花姐姐。"

我一顿，抬起头，看见前方站着路遥，两只手叉在胯处，颇为好奇地盯着我。我懒得理他，白了他一眼打算回超市把钱包还给那位老太，可我刚踏出一步，便看见裙子划开了更大的一条口子。

方才跑得太急，让撕裂的地方拉大了。我伸手抓住裙摆，将两片裙子紧紧捏住。这时，被偷钱包的老太从超市里跑了出来，她后知后觉地来到我面前，我将钱包递给她，她不停地说谢谢。

我叮嘱她下次一定要小心，然后抬头，发现路遥不见了。

罢了，见着他总没好事。我抓着裙子，十分拘谨地往超市里走去，半路，一个人忽然拉着我闪到了安全出口的楼梯处，厚重的大门关上，隔绝了与超市内部的视线。

我疑惑地看着拉我过来的人，见是路遥。他递给我一条还未拆封塑料袋的短裤，说："喏，换上吧。"

我表情有些难看，接过短裤撕开外封袋，果然是男孩子外穿的短裤。说实话，丑爆了。

看着我嫌弃的样子，路遥一把夺过去："不穿算了。"

"站住。"我抢过短裤，将他推到一边背对着我，威胁道，"敢偷看我就戳瞎你的眼睛！"

"嘁，谁爱看，外面等你。"路遥鄙夷地回应我，拉开门走了出去。

我用背抵着门，迅速地撕掉裙子换上短裤，丑是丑了点儿，但好歹比坏掉的裙子强。我整理了下起褶皱的地方，拍拍屁股开门出去。

站在外面的路遥无意扭头，视线落在我的下半身上，脸上露出了迷之微笑。

"笑什么笑！"我没好气地瞪着他。

“没，挺合适的。”路遥收敛笑容，故意深沉地点点头。

我不想多说话，路过路遥身边时狠狠地撞了一下他。回到超市，我穿好脱下的鞋子，把所买的东西结账提走。我以为，这就算完了。

当天晚上我要回警校报到，可是在下午的时候，我收到了蓝小贝发过来的一个链接，这个链接出自理工大学的论坛，标题是“在超市遇到的怪阿姨”。

没错，这个怪阿姨就是我。

从楼主提供的图片来看，这位怪阿姨身高只有140厘米，穿着纯白色的无袖衫和纯黑色的男士短裤，脚下踩了双米白色高跟鞋。她提着一只看起来比她还要重的袋子，正吃力地往手臂上扛。

不仅如此，我警校班上的好朋友全部接二连三地给我发来微信，问我这样的打扮是不是今年最流行的款式。就连老张这个半年不上微信的人都体贴地问候了我一句。

“有意思……”三个字从我牙缝里钻出来，我将手机紧紧地拽在手里，嘴角的肌肉在不停地抽搐。

当路遥救我于尴尬中时，我还在内心告诉自己，我大人有大量往事一笔勾销。可是现在，我觉得我跟他之间的仇恨勾销不了，敢踩我头上，我要他死无葬身之地！

我打电话给蓝小贝，让她帮我把路遥约出来，就说我要还裤子给他。

【2】

我在一家茶楼间坐着等路遥，旁边叠放着整整齐齐的短裤。半个小时后，蓝小贝和路遥来了，路遥开门一见我，装作若无其事的样子，微笑道："哟，请我喝茶呀。"

我让蓝小贝先出去，然后站起来，双手奉上短裤，说："谢谢你，这个还给你。"

路遥半信半疑地看了我一眼，说："不用还了。"

"那怎么行？我家里没有与你年龄相仿的男生可以穿这条裤子。我已经洗干净了，拿好吧。"我往前递了递，说。

路遥犹豫了一下，伸手接了过去。

就在他伸手来拿裤子的时候，我的手从裤子底下迅速探出，抓住他的手腕往前一拉，立马将他摁在了茶几上。路遥想反抗，我却已经用短裤将路遥的双手牢牢地绑住。

"早知道没好事，就不该放松警惕！"路遥郁闷地趴在茶几上，唉声叹气道。

蓝小贝听到动静，从外面开门一看，立即吓得捂住嘴。

我摁着路遥的后颈，逼他抬不起脑袋，道："你别动！"

"你这八婆，你到底想干吗？"路遥凶狠地问。

"我想干吗？你为什么要偷拍我的照片传到你们学校论坛！你还跑去警校论坛发帖了吧！不然我同学怎么知道的？"我逼问路遥，路遥牵强解释，“多有趣啊！你不觉得有趣吗？”

有趣……

我一拧眉，提起路遥的衣领，将他从茶几上拽起来，一脚踹到墙根上，道：“打人有趣啊！你不觉得有趣吗？”

“筱筱！”蓝小贝惊呼一声，扑过来拉住我的手。

路遥许是被踹了胸膛，咳了几声，再抬头看我时，眼中有一丝愤怒。

他慢腾腾站起来，看了一眼被绑住的手腕，对我说：“气消了给我解开啊。”

“你想得美！我要是个警察的话非把你逮去派出所好好关几天！”我指着路遥，气不可耐。

路遥脸上的表情千变万化，最后他不耐烦地对蓝小贝道：“蓝小贝！你这姐们儿靠不靠谱啊？”

我一顿，看向蓝小贝。

蓝小贝立马埋着头，用手指头捏着我的衣服。

“蓝小贝，你搞什么鬼？”我皱眉问。

蓝小贝躲在我身侧，小声道：“我……我没什么啊。”

“我跟她来的路上，她再三叮嘱我，说那什么精英训练营对你很重要，结果我给你搞黄了你很生气，让我过来的时候你揍我我得扛住。但我万万没想到……”路遥后知后觉地吃痛，皱起眉头，费力道，“你竟然将我往死里揍！”

“蓝小贝，我的事谁让你瞎掺和了？”我甩开蓝小贝的手，暴脾气上来了。

蓝小贝委屈道：“哎呀筱筱啊……我是为了你好！你不能再跟路遥起什么冲突了，要是再被你们学校知道了，别说精英训练营的资格遥遥无期了，处分多了毕业也成困难啊。”

“我本来就不想跟他继续纠缠，是他非要……”

“我错了。”不给我说话的机会，路遥十分认真地看着我，“我错了，发你照片、在电玩城捉弄你、在夜市摊调戏你，都是我的错。”

“……”我竟无言以对。

蓝小贝懊恼地说：“本来我想制造机会让你们两个和好，可结果好像还是办砸了。”

“我和他根本没和好的必要！”我怒气冲冲地抓起自己的背包，离开了茶楼。

蓝小贝居然想让我跟路遥和好，没门儿！

我没有回家，径直转车回了警校。郭楠和小谢早早地在校门口等着我，我一到学校，他们就热情四溢地嘘寒问暖。他们还是和以前一样，无论我经历什么都会相信我且陪在我身边，但是有些一直看我不爽的人，这回可就露出狐狸尾巴了。

跟我同一个宿舍的有三个女生，叫花潇的也是个美人儿，她是潇潇，我也是筱筱，所以我们俩被别人拿来做对比做得最多。狗腿花潇的叫莫旎，是个有贼心没贼胆的人，另外一个跟我合得来的是杨梦繁，平时话不多，但是人明辨是非十分聪明。

一进宿舍我就看到莫旎坐在花潇的桌子上恭喜她这次拿到了进入精英训练营的资格，花潇一边伸长兰花指修剪着指甲，一边说："这次进入精英训练营的学生可都是教官们精心挑选的，机会难得，我一定会好好珍惜，不会错失这个机会的。"

对，不会像某些人不知好歹丢失了机会。她拔高的嗓音里就是这样的讽刺。

手机亮起一条消息，是杨梦繁发过来的。

"今天晚上四年级会在体育场举办小型演唱会，一起去看。"

我看了一眼杨梦繁，她白了花潇那个方向，目光落在我这里。我朝她一挑眉，示意一起去看演唱会。然后，我们起身离开宿舍，将两个嚼舌根的人甩在宿舍内。

从我去年来到警校后我就知道，大我们两届的学长里，有一群人颜值高，又喜欢音乐。于是三五成群就在警校组建了个小团体，得空的时候就在体育场举行演唱会，听众仅限我们这些喜欢他的人。

我之前就听了许多次，里面人气最旺的主唱学长叫刘昊，白净且阳光，许多学妹学姐都喜欢他。

包括我。

正是因为如此，每一次杨梦繁都会邀请我一起去听他唱歌。

我们赶到现场的时候，体育场上已经坐满了人。郭楠跟小谢给我们在前排留了位置，我与杨梦繁从人群中挤进去，坐在了最适合观看演唱会的地方。

“嘿嘿，专门给你们留的。”郭楠笑着看着我，又讨好似的看向杨梦繁，刷存在感。

只可惜，杨梦繁根本就没有理他。

我坐在中间，嘴角上扬，心中明朗地看了一眼郭楠。

不出一会儿，人群欢呼了起来。我定睛一看，是刘昊跟他的队员们逐渐上场了。我掏出手机，打开摄影功能，想要把正常演唱会录制下来。

可是我大学长帅气到无可匹敌的脸刚留在我手机里不到一秒，一条微信好友申请的消息立即弹了出来。我黑着一张脸点开微信，见来人不认识，便拒绝了。

然后，我又恢复兴致开始录影。

微信好友申请又弹了出来。

我怒气冲冲地打开微信，回道：“你谁啊！”

不一会儿，对方又回过来：“警花姐姐。”

路遥？他加我微信干什么？

我迟疑了一会儿，给他通过了。一分钟后，一条长达五十秒的语音发了过来。我忍住没问他到底想干什么，将手机凑到耳朵旁听了。

漫长的空白音之后，路遥傻兮兮地笑了两声：“嘿嘿，是我呀，警花姐姐……”

我顶着一张小S的冷漠脸，呆坐了好久。最后愤而关掉微信，专心看我的演唱会。直觉告诉我，我如果搭理路遥的话我就别想安安静静地听完学长唱歌了。

【3】

事实证明，我的选择是对的。

因为当我安心地听完演唱会回到宿舍，并且洗漱完爬上床再打开微信时，路遥已经给我发了十几条消息。

我戴着耳机听他发来的语音，多半是道歉，后来变成恐吓，我若不原谅他，他便亲自跑来警校说我始乱终弃。我见过不要脸的人，路遥这么不要脸的还是第一个。

最后一条消息是时隔上一条半个小时后发来的，路遥诚恳地说：“喂……那个、方……语……筱？我……我听蓝小贝说了，关于你哥哥的事情。事情因我而起，你什么时候有空，我们一起请你吃个饭，想办法帮你争取到精英训练营的资格吧？”

我的眉头越拧越深，他知道我哥哥的事了？他一个外人凭什么配知道我哥哥的事，如若不是因为他，我现在已经进入精英训练营了，若表现得好，明年我就能成为实习警察可以申请调查哥哥的案件了！

到现在，他还说什么想办法帮我争取到精英训练营的资格，他有什么权利？以为这是玩过家家吗！

我按下录音键，皱眉道："关你屁事！"

然后我愤愤地退出微信，倒头就睡。

而在理工大学宿舍里的路遥，正用毛巾裹着刚洗的头发，听完语音后，不解道："哎？莫名其妙发什么火呀，我不是为她好吗？"

夜静得沉重，我将整个自己都藏在被窝里，因左侧睡所以听到心脏怦怦跳得可怕。

迷迷糊糊的，我似在做梦，又像是回忆起了十二岁那年我最不愿回想的事情。

十二岁那年的夏天，是个多雨的季节。

那个时候，我哥哥方宇维跟现在的我一般大，但他在警校的表现十分出色，破例未毕业便可成为实习警察在南岸区实习。

那天，我牵着他大大的手掌带他去了一家商场，我手里紧攥着自己存下来的压岁钱，想给哥哥挑一件礼物。

"筱筱，你还是个孩子，礼物哥哥真的不用了，有你这份心意就好了呀。"哥哥身高比较高，被我牵着走路时要微微地弯着腰。

"不行不行！我一定要买给哥哥。"我紧紧抓着他的手，执拗地将他往楼上带。

哥哥没有办法，只好任由我拉着他走。

来到商场三楼，我拉着哥哥跑进一家服装店，将存钱罐放在柜台上，笑道："姐姐！我要的那条领带帮我准备好了吗？"

柜台姐姐见是我，微笑着从柜台下拿出一个包装好的礼物盒，说："早就给你准备好啦。"

"你帮我拆开，我要给哥哥戴上。"我笑盈盈地看着柜台姐姐，她从善如流地帮我拆开包装盒取出那条精致的亮黑色领带递给我。

昨天我就已经来这里学了怎么扎领带，所以我想给哥哥亲自扎上。

"哥哥，你蹲下。"

哥哥无奈一笑，屈膝蹲下。我将领带绕着哥哥的脖子一圈，细心地穿绕。我说："以后这条领带搭配哥哥你的警服，就代表是筱筱陪着你，这样你以后无论办什么案子，都会化险为夷的！"

"好，哥哥一直戴着，不取下来。"哥哥宠溺地说。

那天光景甚好，只是后来发生了一件事，破坏了原这本美好的光景。

我笨拙的双手还没好好地替哥哥扎上领带，三楼电梯口的人群就躁动了起来。有女人恐慌地跑上来，楼底下传来了尖叫声。

哥哥敏感地按住我的手，将我推向柜台里面，说："筱筱，你待在这里别动，我去看一下。"

"哥哥！"我一声哥哥还没喊出来，便看见他已经往楼底下跑去了。

我蹲在柜台下面，店里的姐姐在我旁边保护着我。可是不知为何，我心里总是忐忑难安，这么大的动静，下面肯定出事了，哥哥一个人过去，会不会遇到危险？

“喂？110吗？天或商场有三个持刀抢劫的人！”

听到外面急促的报警声，我抱在一起的弱小身子一怔。持刀抢劫的人？三个……那哥哥！

外面的声音越来越大，有匆匆的脚步声，不小心撞到东西的碰撞声，还有落在我耳膜让我提心吊胆的尖叫声。我担心哥哥，不想像个缩头乌龟一样躲在这里。

于是，我心一横，从柜台下面钻出来。看着外面四下跑开的人群，我紧张地看了一眼安全出逃的路线，用手扩张在嘴边，喊道：“大家不要乱跑啊！请大家根据安全路线出逃！不要拥挤和恐慌！”

可是，这种时候他们哪里会听一个十二岁小女孩儿的话？身处险境的恐惧已经让他们慌不择路了。

怎么办怎么办？我急得一跺脚，如果是哥哥的话……如果是哥哥说话！是不是大家都会听了？

我跑向扶梯口子上，看见三个脸上套着面具的男人被围在扶梯下口处，其中一人的臂弯里挟持着一位女店员。

哥哥正与三个劫匪周旋，他稳住劫匪的情绪，道：“你们不要伤害她，我能保证让你们安全出去！”

三个劫匪自然是不听他的话，拖着女店员打算往扶梯上走。我仔细一看，发现女店员已经吓得浑身发软，腿使不上力气，如果劫匪继续拖拽她，她将会变成他们的累赘。可是劫匪手里持着凶器，哥哥断然不敢与之搏斗，因为一旦使劫匪受到威胁，他们便会伤害人质。

所以，现在只能让他们走，等待时机解救人质。

我站在楼上望着哥哥，不知所措，哥哥朝我递了个眼神，让我躲起来。正是因为这个眼神，凑巧让劫匪看见了，其中一个两手无累的劫匪扭头朝我看了一眼，我下意识地后退一步，惊慌的神色被他捕捉入眼。

忽的，那劫匪冲上来，我迅速转身跑开，可我哪跑得过一个成年人。哥哥的喊声从楼底下传来，我被一个强有力的胳膊扼住喉咙，他直接将我抱在怀里提了起来。

而后，我的脖子间是冰凉的刀刃。

我吓得浑身僵硬，大气不敢出一个。

【4】

劫匪将我带到护栏边，冲哥哥和赶进来的保安，道："让我们安全出去，否则这小孩儿命可不保。大哥，放了那女店员，这个小，带着不费力，而且看样子，这小孩儿应该是那警察的亲人。"

"我让你们走！但是你们敢伤害她，追到天涯海角我也要将你们伏法！"哥哥已追至扶梯下口处，手掌狠狠抓着扶手，怒言道。

我微微啜泣着，却不敢张口叫一声哥哥。哥哥在当上实习警察那天起，就跟我和爸爸妈妈说："我只能私底下和你们分享我完成梦想的喜悦，但是身为警察，经常出现在龙潭虎穴，对自身甚至对家人都会造成间接性或者直接性的危险，所以在并非很熟的人的面前，万不可让他们知道你们是我的家人。”

哥哥的话，我从来都听，所以这一次也不例外。

可是我没想到，这一次的“不例外”，却让他和这个家之间成为了一个永别。

我被三个劫匪带上了一辆红色大卡车，他们挟持着我往西北方向开去。不知道过了多久，我看到反向灯里出现了一片光芒，有个劫匪扭头朝窗外看过去，恶狠狠地捶着玻璃，道：“妈的！居然跟上来了！”

我不记得他们跑了多久，我只知道，从黄昏时候到现在，天已经黑尽。大卡车开到了群山环绕的地段，外面飘着细小的绵雨，深山像是要吞噬着可怖的黑夜，张开着大嘴蓄势待发。

我抿着嘴巴，脸上的眼泪因恐惧滚滚而下。

“开快点！”车里的人终于烦躁了起来。

“大哥，要不放了这小孩儿，那个警察明显是冲着这个孩子才追这么久的，放了她不就好了？”开车的男人有些慌张。在车上这么久，我从他们的谈话中得知，今日抢了天或商场楼下的珠宝店，可收获不多便被哥哥阻止了，如今若是因为这一点钱财搭上他们三个人命或不幸被捕入狱，是十分不划算的。

“将她扔出去！”另一个劫匪道。

“这旁边是万丈悬崖，扔出去就没命了。”开车的道。

路遥方知语

“老子都快没命了还在乎她吗！”被称作大哥的劫匪坐在窗前，一把拽住我的手就想将我往窗外塞。我情绪一激动，紧紧拽住他的胳膊，尖声道：“不要——救命啊！”

“筱筱——”哥哥的声音在车身后响起，随即而来的还有摩托车加速的声音。

车内的两个人合力将我往车窗外扔去，我却死死地拽着其中一人的手臂不放。

开车之人见此，腾出一只手来帮忙，我的脑袋已然探出窗外，透过模糊的雨帘，我只看得见哥哥的身影，看不见他的脸庞。

“筱筱！”摩托车的车速越来越快，近到我足以看得见哥哥的脸。

不知为何，心中的恐惧一扫而光。因为我知道我无论身处怎样的险境，哥哥都一定会保护我的周全。

我将一只手伸出窗外，想要拉住哥哥。

可这时，一道剧烈的声响在雨夜中炸开，大卡车忽然猛烈地颠簸了一下，我的身子腾空而起撞击在车顶，头脑一阵晕眩。

随即，传入我耳中的是尖锐的刹车声，大卡车呈横档状态卡在马路中间，车头撞上了山壁，车尾卡在万丈深渊的护栏上。车身后“乒乓”一响，像是撞击到了什么东西。

我被车身摇晃地想吐，因为没有系安全带，受到强烈的撞击导致我浑身疼痛，意识也变得模糊起来。

我只听见外面的雨越下越大，耳朵里轰隆隆的，呼吸难受。

三个劫匪全因撞击而晕倒在车内，头上是汩汩鲜血。

“哥哥……”我晕晕乎乎地爬起来，从车窗爬了出去，跌跌撞撞地跳在马路上。雨似珠子打得我浑身生疼，和大卡车撞击的是迎面而来的一辆面包车，面包车的车头已经面目全非，里面的人多半是凶多吉少。

“哥哥……”我抱着自己的身子想要绕过大卡车去找哥哥，可是大卡车横在路中间，我根本过不去。

“哥哥！”我害怕地哭了起来，可是我没有听到哥哥的回答，只有绵雨逐渐变成骤雨，急剧地敲打着地面和车身。

我迟疑了一下，重新钻进车里，将晕倒的人推开，从另一扇车窗爬了出去。

可是……

可是这边，也没有哥哥啊。

我被巨大的恐慌笼罩着，夜雨里，我失声大喊：“哥——方宇维！”

没有人回答我。

我抢过车上他们的手机打开手电筒，灯光在雨夜里显得更加微弱。我看见马路边上被雨水打湿的泥泞处有明显的碾压痕迹和少许的车轮痕迹，不好的预感顿生心头。

我手中的手机“啪”地落下，在路边撞击了几下便跌进深渊里。

身体在雨夜里瑟瑟发抖，我抱紧自己，不敢相信地往后退着，然后对着空寂的深山，崩溃地哭喊："哥哥——"

仿佛一瞬间天旋地转，我失去重心晕倒在地。可我没有感觉到冰冷的地面，只觉得耳边是呼啸的风，自己的身体正坠向无尽的黑暗，永远不知道等待我的是什么。

忽然，我满身冷汗地惊坐而起，将意识渐渐拾了回来。

我的心突突突地直跳，我捂着脸，才发现脸上湿了一大片。

"筱筱，你没事儿吧？"杨梦繁出现在我的床边，如男生一般的短发还乱糟糟地顶在头顶，看起来像是刚起床。

我冷静了下来，怔怔地说："没、没事儿。"

又做噩梦了，又是这个梦。

这么多年了，总是经常梦见八年前的那一幕，那样刻骨铭心。

"起床吧，要集训。"杨梦繁看了我一眼，便去洗漱了。

我坐在床上缓了好一会儿，才慢腾腾地起来。

【5】

一整天的集训，我的精神状态都不是很好。

老张特别关照我，见我的样子就问："方语筱，你是不是生病了？"

"没，昨晚没睡好而已。"我说。

"好吧，先跑一千米打打精神。"老张语气平淡地说。

我听话地去跑步，在别人眼中，一定当老张是在惩罚我，但我知道，老张是在鼓励我。除了家人与蓝小贝，在学校里，只有老张和郭楠知道我报考警校的原因。

老张曾经是带过我哥哥的教官老师，哥哥是他最疼爱的学生。

这天集训好不容易结束，郭楠与小谢又想带着我溜出去吃好吃的为我散散心，我婉拒了。可是不过一会儿，蓝小贝就打来电话，说她和路遥一行人就在我学校附近，问我可以去见他们吗。

我思索了一下，他们特意从理工大学来到警校，我也不好拒绝，毕竟蓝小贝也在里面。于是，我去跟老张请了假，老张同意我出去。

蓝小贝所提供的地方不过是一个路边摊，符合这个气质的是路遥，所以一定是路遥怂恿蓝小贝过来的。

到达约定地点的时候，我没好气地站在一边不想靠近。蓝小贝在那四个臭屌丝中间坐着简直是侮辱自己。

“喂，方语筱！”路遥率先看见我，他站起来兴冲冲地走向我，道，“还以为你不出来，你干吗不回我的微信？”

“我跟你熟吗？为什么要回你。”我冷漠地看着他。

“你别呀。”路遥见我这般态度，道，“我专程过来跟你道歉的。”

“道歉有用要警察干吗？”我反问。

路遥钳口结舌，将两腮吹得圆鼓鼓的掩饰着自己的尴尬。半晌后他说：“方语筱，你别看我这个人没心没肺的，我不想欠别人什么，所以才过来跟你道歉的。”

“可你道歉有用吗？事情已经发生了，我现在失去了进入精英训练营的资格。当然了，对于你们这种不长脑子的小孩儿，根本不用考虑调戏女生会带来什么样的后果，只图自己一时之快。你们觉得这样就能彰显你们的年轻活力和与众不同吗？以为这样，被调戏的女孩子就会红着脸躲开而你们就有一种令人恶心的自豪感吗？”我语速之快，没有意识到自己的咄咄逼人。

路遥的脸色有些难看，坐在摊位前的马力连忙走过来，好脾气地对我微微鞠躬，说：“那个……不是这样的啦，这件事情确实是我们的不对，当时咱们几个喝了点酒一时兴起。但是我们保证以后都不会这样做了，警花姐姐，你大人有大量，就……”

“别跟她说这么多。”路遥打断马力的话，凝视着我，问，“行吧，你说，怎样你才解气。”

“我揍你你别躲啊。”

“我躲了我是孙子！”路遥微微俯身，眉头深拧，抿着唇看着我。

我气在头上，没顾那么多，后退一小步扬手就是一巴掌。可是我没想到，路遥真的没有躲。

那一巴掌果断清脆，周遭的人全都诧异地看过来，我心中一怔，手缩回到空中，呼吸顿住。

“你这女人还真打！”杨一飞从座位上“腾”地站起来，叫上庞阳，“胖样儿，揍她！”

庞阳为难地站在原地，看向路遥。

我是生气路遥破坏我进入精英训练营一事，我更是恨他恨得不得了。可不知为何，刚才这一巴掌让我面颊发烫，我微微垂着头，只觉得对不住路遥，但是却说不出一句话来。

“当我运气背，短短几天被一个娘们儿揍这么多次。”路遥伸出手掌捂着方才被打的左脸，话像自言自语，又像是说给我听的。

我的双手攒成一团，身体有些僵硬。

“走了，愣着干什么？真当人家愿意跟你一起吃饭啊！”路遥暴脾气地冲杨一飞他们喊了一声，然后自顾自地转身离开。

杨一飞走过来，怒气冲冲地对我哼了一声，然后跟上了路遥的步子。接着，马力与庞阳也走了。路边站着我，摊位边站着蓝小贝。

半晌，蓝小贝走向我，胆怯地拉着我的手，轻声道：“筱筱……”

我垂着头，心中懊悔不已：“我……我都在做什么啊。”

“好了好了，没事儿，路遥不会怪你的。”蓝小贝反过来安慰我，轻轻地抱着我，说，“我这些天天天都有跟路遥接触，他不是那种小气的人。”

我做了个深呼吸，平稳下烦躁的心情，说：“贝贝，我送你去公交车站吧。”

“好。”蓝小贝见我这种状态，也不好多说什么。

于是，我们谁也没有吃饭，大家来自哪儿，就回到了哪儿。送走蓝小贝后，我心里乱糟糟的，走在街边思绪凌乱。

我忽然想起路遥的话，于是掏出手机登录微信。果然看见他发了许多的消息过来，全都是语音。

我将手机移到耳边，路遥的声音慢慢地传来：

——哈哈哈！方语筱，明天见啊。

——方语筱同志，我警告你，你不回人家微信是个很不礼貌的行为哦。你看，距离我发给你的上一条消息已经八个小时了。

路遥可能还在赖床，一醒来就抓着手机用慵懒的嗓音控诉我的“罪行”。

——还真不回微信啊，这么爱记仇。这样吧，等见面的时候你拿我当沙包出气，我绝不还手。

——对了，你别误会，我只是觉得自己是个男子汉，要为自己的事情负责而已。我这人爱逞能，那天晚上经不住损友的教唆，所以才得罪姑奶奶您啦。

——哎哟哟，我们准备去你学校了，等一会儿我以酒赔罪喝死自己！不行……不行不行，万一醉了又像那天怎么办？不行不行！

……

“神经病。”我将手机关上放进包包里，可是心里却没有任何责怪他的情绪了。

想到前几次每次都对他动过手，然而他却没有还手。虽然我会一些格斗，但像路遥那样强壮的高个子真与我动手起来，我怕是也打不过的。

可像他那样厚脸皮的人，跟女生动手只怕会觉得颜面扫尽吧？

冷静下来想想，纵然他对不住我在先，可我几番的报复也算是解气了。在这样的情况下，他都愿意那么远过来与我道歉，而我却还斤斤计较于之前的事。

是我太小气了吗？

“唉。”我敲了敲脑袋，重新掏出手机想给路遥发条消息，可是……我又该说什么？

我打了好些条消息，可最后又一一删除。我啃着自己的大拇指，想着怎么说才显得正常。

可是没多久，我的消息还没发出去，路遥便发来一条文字消息：

——你想说啥，到底说不说？我好决定拉黑你。

我微微捂住嘴，才想起微信用户能够看到对方的输入状态。看到路遥发来的消息，我脸又红又黑，迅速地回应：

——没什么！

——拉黑就拉黑，随便你！

然后，我迅速地将手机装回包包，回学校的步伐也不由地加快。

真是的，为什么感觉像是闹别扭？

方语筱，你冷静点儿！

我捂着自己的脸，脚步越来越快。

路遥方知语

夏夜静悄悄的，街上行人很少。警校位置较偏，所以这里不如理工大学附近那般热闹，而我正好喜欢这样的氛围。

太过喧嚣，人就像是躲在洪流中不知方向的沙粒，显得迷茫、无措、疲乏。

夜，深沉。

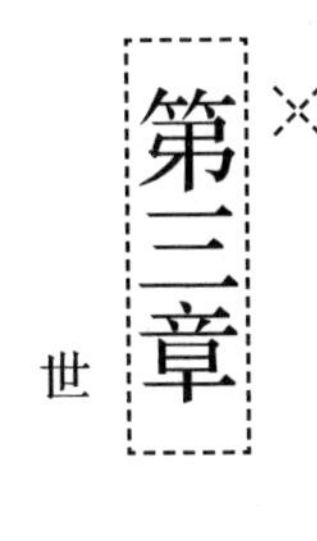

第三章 世纪大和解

路遥方知语

【1】

那天晚上之后，我再也没有路遥的任何消息。

我以为，他真的拉黑了我。

周五放假，我打算回家，于是发了一条相关的朋友圈，可刚发出去便收到一个点赞，是路遥的。我空空的心莫名其妙地跳动起来，竟有一丝意外惊喜。

本来平淡的心情突然有些小雀跃，而我猛然间又尴尬于这种雀跃的来源——路遥。

我拍了拍脸颊，示意自己不要胡思乱想。

回到家的第二天，我去了跆拳道馆。这里是哥哥以前爱来的地方，小时候他也经常带我过来，于是学完跆拳道后我也总是会回来练习一下。

“筱筱，今天陪练休息，重新给你找了个人。”跆拳道馆的负责人跟我说。

“没事儿，能陪就行。”我活动了下手腕跟脖子，在台上做着热身准备。不一会儿，陪练就上台来了，我们互相鞠了个躬，开始陪打。

我盯着对方，气沉丹田，扎了个马步，随之大吼一声，一个回旋踢直击对手脑门。

我想我最近一定不够清醒，因为对手两只胳膊交叉挡在脑门前，我一脚直直地踢在他的手臂上，他毫无防范之力，手臂弹回去砸在鼻梁上，一声闷哼，随即倒在了地上。

我纳闷，这个陪练也太不经打了。

对手艰难地坐起来，捂着鼻子痛得说不出一句话来。

我看着这个陪练，瞳孔渐渐缩小。我俯下身歪着脑袋仔细地看着，问：“路遥？”

路遥喘着气松开手，鼻子那一块儿被鲜血糊得满满的。我顿觉无语。

找来酒精和纸巾给路遥止血，随后他站在窗前用热帕子捂着鼻子，面对着窗外楼厦怀疑人生。

“你怎么会在这里？”我站在他旁边，疑惑地打量着他。

“我还想问你呢。”路遥的语气里满是怨怼，似是在责备我不知轻重不肯留情。

“我经常来这里，倒是你，第一次看见。”我眼神犀利地盯着他，他揉着鼻子，就是不肯答我的话。

过了一会儿，我脾气软下来，说：“好了好了对不住，我不知道是你。平时我跟陪练就是这样打的，那、那我要是知道是你，我就不会这么用力了。”

“说得好像平时打我没用力一样。”路遥翻着白眼抱怨。

我暴脾气又上来，登时一巴掌拍向他的后背，道：“你一个男的能不能别这么小气！”

路遥怪异地盯着我，我意识到自己又动手了，立马转过头用手摸着后颈。不知道是不是路遥真的很欠揍还是我更年期提前了，最近遇到他就想动手揍他。

“对不住啊，中午请你吃饭就当道歉吧。”我郁闷地说，然后练习跆拳道的心情也没有了，随即去换回了常服。

换衣间里，我摊开自己的双手，认真且诚恳对自己的手说道：“下次不可以不分青红皂白地打人，知道吗？控制自己的脾气，你们以后是要干大事的手，是要抓罪犯的手，是顶天立地的手！以后再乱打人就将你剁了哦。”说完，我捏着嗓子晃着手，道，“知道啦主人。”

“中二少女。”路遥在身后敲了敲门。

我后脊一凉，连忙抓紧自己的包，迅速扭头道了一声：“行了！地点你定，我请。”

身后的人轻笑了一声，没有多说，转身就走了。我犹豫了一会儿，才慢慢跟上去。

正午的烈日高悬在头顶，晒得人的心情十分焦虑。我默默地跟在路遥的身后，既然决定了让他选地点，那么就一言不发地跟着吧，到时候自己掏钱包就好了。

“到了。”身前的人冷不丁地出声，带着我进了路边一家名叫芙蓉之城的串串店。

刚进店里，舒适的冷空气就迎面而来。

“这里的串串是正宗的巴蜀味道，你吃了保管会来第二回。”路遥熟练地找了个位置，并让服务员上了鸳鸯锅底。

“看来你来的次数蛮多的嘛。”我坐在路遥对面，打量着这家小店。

店子真不大，只有十张桌子，墙壁上用油菜绘制着川剧脸谱，别有一番风味。现在不过十一点，离午饭时间稍显早，不过店里已经仅剩一张空桌了。

路遥神采奕奕地说：“那当然，我高中就在市区念书，我大重庆哪些地方有好吃的只要问我，保管可以给你规规矩矩地列出一张清单出来。”

我笑着翻了个白眼，他爱吹牛就吹，我不捅破。

“想吃什么？我去取。”路遥用眼神指向旁边的冰箱，那里许多串串都分配好了荤素。

我说：“请你吃饭你来选，我不挑。”

于是，路遥起身去挑选串串。不一会儿，锅底就已经烧开了，不得不说，味道确实很赞，以前我也吃过许多串串，但是味道不如这家好。看来路遥所说的知晓重庆所有好吃的店，并非吹牛。

虽说之前跟路遥有过过节，可这一顿饭之后，我相信我们的过节会就此一笔勾销。

途中，路遥忽然接到了朋友的电话，他抱歉地对我说：“不好意思啊，马力他们有点事儿我得先走。”

“那你走吧，我再吃一会儿。”我理解道。

“行，那你回去的时候小心点儿。”路遥抹抹嘴，叮嘱我后站起来就离开了。

我笑笑，我可是警校最优秀的女学生，我天不怕地不怕，大白天的还怕遇到什么危险吗？路遥走后，我吃了一小会儿，饱腹后喊道：“老板，多少钱？”

老板是个四十来岁的阿姨，她系着蓝色的围裙笑眯眯地对我说：“遥遥已经付过钱了。”

“付过了？”我惊讶道，不是说好我请他吗？而且我还没吃完，他是怎么付的？

看出我的疑虑，阿姨笑着说：“遥遥跟我们家是多年的邻居，他早付了钱，只有多的没有少的。”

“呃……”我无措地站起来，说，“那、那谢谢你啊阿姨。”

“不客气的。”

我摸着脑袋拿起包包走出了串串店，刚出去后，路遥便发来了微信：

——吃完了吧？嘿嘿，上次说好了请你吃饭，没请成，所以这次我请吧。呼……我的确该跑的吧？不然等一会儿又会被你揍个半死。

“神经病。”我没好气地骂了路遥一声，可我心中却无一句怨言，情绪无半点敌意。

以前，当真是我有些错怪他了吗？

我想了想，最终回了他一声谢谢。

【2】

可纵使我与路遥和好了，我还是与精英训练营的资格失之交臂。

宿舍里，我看到花潇在收拾行李准备去训练营，心中滋味有些不好受。莫旎在旁边狗腿地说："潇潇，你这次要是表现优秀就可以直接被分配去实习了，以后可别忘了老同学啊。"

"我忘记谁也不会忘记你啊。"花潇随口说道，拉好行李箱拉链，提着就走。她根本就没有将莫旎以及她的话放在心上。

看着花潇离开后，莫旎无趣地回到宿舍，这下仅剩她一人与我们不合，脸上的神色有些难以捉摸。

"叮——"手机屏幕亮了起来，老张让我去他办公室。我跟杨梦繁说了声后便去了老张的办公室。

办公室里，老张一边笑呵呵地追着妇女之爱——肥皂剧，一边抬头说："呀，筱筱你来啦。"

"老张，你还真不怕被上头知道你在学校里天天看肥皂剧啊。"我担心地坐在老张对面，跷起二郎腿问。

"怕什么，我要是被罚了，然后我就罚你们。"老张无所谓道。

我实在不能理解，这种能躲在办公室里追剧、煮茶叶蛋，使用高压锅煲鸡汤造成高压锅爆炸的人是怎么成为警校里最优秀的教官之一的。我扶了扶额，问正经事："找我什么事啊老张？"

“哦。”老张的眼睛一会儿在我身上，一会儿在电脑上，说，“是这样的，上头说如果你能将功补过，还是有可能进入训练营的。你毕竟犯了错，人家不能直接将你塞进去，如果你立了功那就不一样了你说是吧？”

“呵。”我冷笑一声，道，“学校里倒是挺和平的，没有什么事情让我将功补过啊，难道老张你又想给我放假？”

“那可不行，再给你放假我就得被扣工资了。”老张一边说一边盯着屏幕笑得直拍大腿，屏幕里的女人正大声嚷着，“你在外面偷人！反过来说我不忠，离婚就离婚！”

我狠狠咬着下嘴唇，思绪片刻，起身将电脑的插头拔了。屏幕一黑，老张立即抬头，道：“你干吗啊？”

“我告诉你老张。”我双手拍在桌面上，眼神凌厉道，“我在学校要么就是上课要么就是集训，我哪里有机会将功补过啊？你要是不给我放假，我就告诉你老婆你上班还偷偷浏览小网站！”

“方语筱你敢威胁我。”老张故意捋起袖子想修理我，可站起来后转而一想，便放下袖子，道，“行，我给你放假，对外就说我让你帮我去办事了。我给你半个月的时间，你要是不能将功补过啊，嘿嘿，那你就认命吧。”老张最后一句话说得冷血无情，还冲我翻了一个恨天白眼。

“行啊，你没说功大功小。”我有节奏地敲着桌面，道，“如果帮邻居掏马桶，帮奶奶找小猫也算的话，你输定了！”我嘟着嘴哼道，然后大摇大摆地走出了办公室。

身后传来老张叹息的声音：“唉，现在的学生啊……”

在跟老张打赌的时候，我觉得自己赢定了。可是当我真的离开学校后，我才发现我输定了。我大重庆的治安实在是太好了！别说什么抢劫绑架骚扰，就连老奶奶过马路我也没遇到过，若是这样，我该拿什么功去抵我那么大个过呢？

我上次在超市抓小偷的运气到底哪里去了？

炎炎夏日下，我后背的白衬衫被汗水湿透了。在外面游荡了三天，我只帮外地人指了个路，帮一个水果摊推了下车，如此举手之劳，我怎么好意思让人家留下名字证明我帮了他们。

真恼火！我躲在树荫下，咬着冰棍狠狠地想。

忽然，我的手机响了一声，掏出来看发现是路遥发来的消息。上面说庞阳和蓝小贝出去逛街然后失散了，庞阳联系蓝小贝联系不上。

庞阳和蓝小贝逛街失散？他们俩为何会一起逛街？很熟吗？

我回微信：

——电话给我。

路遥秒回我电话号码，我直接拨号过去，开口道："什么玩意儿？"

"刚刚庞阳给我打电话，说蓝小贝约他出去逛街但是不知为何走散了，他打电话联系不上蓝小贝，让我来找你。"路遥逻辑清晰地表达。

我看了看四周，说："庞阳现在在哪里？我过去。"

"杨家坪地下商场。"

"好，马上到。"我说完挂上电话，迅速拦车搭乘上去。车上，我平静地翻开拨号界面找到蓝小贝的通话记录，随即拨了过去。

关机状态。

可是我苦思冥想都不明白，蓝小贝怎么就跟庞阳一起去逛街了？杨家坪地下商场比较大，在那种人流较多的地方，蓝小贝遇到危险的几率不大。手机打不通也许是因为没电或者不小心摔坏了导致关机，蓝小贝和庞阳，一个单纯迷糊，一个四肢发达头脑简单，失散了找不到也是挺正常的，只要不出事就好。

到了商场时，我发现路遥一宿舍的人都等在这里。庞阳有些着急，不知所措地看着我："警花警花，怎么办啊？"

"你急什么？等在这里。路遥，你跟我进去。"我皱着眉头，带着路遥进了商场。

找到一个服装打扮看起来职位较高的工作人员，我上前礼貌道："你好，很不好意思，有个忙想请你们商场帮一下。"

"哦你好，请问什么事？"工作人员站得笔直。

"我有个外地朋友，刚才跟她一起在商场附近走失了，她现在电话是关机状态，我们找了将近半个小时找不到人，所以能不能借用一下你们商场的广播设备？"我尽可能描述出必须得到对方帮助的条件，工作人员一听，大方地说，"没关系，可以用。"

我松了口气，和路遥跟着工作人进了播音间。工作人员跟播音间的工作者表述了一下我们的来由，扭头问我："你朋友叫什么名字？"

"蓝小贝，短发，个子一米六，比较瘦小。"我如是说，路遥想了想，补充道，"穿的是件米白色连衣裙，背了一款粉红色包包。"

“好。”工作人员点点头，随即让坐在播音台前的人员准备播音。

【3】

“你好，现在播报一条寻人启事。蓝小贝小姐你好，如果听到，请迅速赶到杨家坪地下商场的东入口柜台，你的朋友在这里等你。如果身边人有看到一位身穿米白色连衣裙、佩戴粉红色小皮包，身高一米六左右的19岁女生，请麻烦告知她前往杨家坪地下商场东入口柜台，谢谢。”

商场里每隔十分钟便会响起这条广播，我让马力和杨一飞等在东入口的柜台，转身去问庞阳他们是在什么地方走散的。

庞阳说，蓝小贝一直在打电话，而他想送蓝小贝一件礼物，所以注意力全在橱窗里，许是大意了，等走到东入口的时候，蓝小贝已经不见了。

“你最后见她和发现她不见时中间隔了多长时间？”我紧皱眉头问着庞阳。

大大壮壮的庞阳垂着脑袋，愧疚地说：“可能……可能十分钟吧。”

“十分钟！”我拔高声音，不可置信地瞪着他，“一个人在你身边，你十分钟后才发现她不见了？”庞阳微微缩着脖子，道，“我……我……是我不好，我一定会找到蓝小贝的！”

“那你去找啊！”我还是失去了耐心，没忍住怒道。

“筱筱。”路遥拽着我，安抚道，“你冷静点儿，回去后我帮你揍胖样儿。”

我甩开路遥的手，转身凝思。广播播了三条了，如果蓝小贝在这附近的话，她肯定会听到的。当她得知自己与庞阳失散后，要么会等在原地，要么会询问周边的人来找庞阳。可是既然都没有的话，那会不会因为找不到庞阳而回了学校？

我望着商场周围密密麻麻的摄像头，将最坏的可能扼杀掉。我翻着手机的通讯录，我记得以前蓝小贝给过我她宿舍姐妹的电话，我要先确定她有没有回宿舍。

“警警警花姐姐！”身后的庞阳似炸了般叫起来，我扭头，道，“瞎叫什么？”

庞阳提起了一颗心，专注地盯着手机，瞳孔上蒙着一层恐惧之色。路遥好奇地往屏幕上一瞅，脸色顿变。我心存疑虑，走过去一把抢过庞阳的手机，看见屏幕上赫然是一张蓝小贝的照片。

她躺在一张沙发上，昏迷不醒。

我退出全屏，发现发来此消息的正是蓝小贝的微信。我连忙用庞阳的手机拨出蓝小贝的电话，对方接通了。我悄无声息地按下录音键，对方空白了许久未说话。

我问：“你是谁？”

“叫她男朋友接电话。”对方是个低沉的男音，从声音厚度来判断，男人应该在三十岁左右，身材比较壮。

我将手机递给庞阳的时候，按了扩音键，庞阳接到电话，试探性地问：“蓝小贝在你那里吗？”

“想救她就一个人带着钱来啊，敢报警她就死定了。”对方道。

“你在哪里？”庞阳进一步问。

可是电话忽然挂了，不一会儿，一条提示音响起。我问：“蓝小贝在哪儿？”

“九龙安置小区C8栋二单元501。”庞阳照着手机上的地址念了一番。我来不及思考，率先走出商场去拦车，路遥和庞阳立即也挤进车里。

庞阳问：“警花姐姐，真的不报警吗？”

“报什么警？我就是！”我眼神坚定地看着前方，面无表情。

不一会儿，车子停在了九龙安置小区楼下。我们下车后根据信息上的提示来到了二单元5楼。

楼梯转角处，我问庞阳和路遥：“一会儿你们先进去，看看对方有几个人，然后再想办法把消息传递给我。”

“可我们手里没钱啊。”庞阳说。

“走，我有办法。”路遥拽着庞阳的衣服领子，将他往501的房间拽。我见此情景，走下楼梯躲了起来。

我听见“咚咚”的敲门声，楼上有人说了几句话便关上了门。我蹑手蹑脚地走上去，躲在门后，听着里面的动静。不出一会儿，我就听见里面路遥的咆哮声：“你一个人想问我们要这么多钱？”

虽然隔音效果十分好，路遥的声音显得遥远且闷重，但我还是听得真切，一字不落。

我转身面对着房门，伸手敲了敲，喊道：“丽丽，我来了，开下门，我给你带了水果。”

里面传来窸窸窣窣的声音，紧接着，门被打开，一个魁梧的男人疑惑地看着我，问：“你谁啊！”

“我……我找丽丽啊，她不是住这里吗？”我故意装傻。

“什么丽丽？没这么个人！”男人说着就要关门。

我眼疾手快，纵身抓住门楣抬腿踹向男人的胸口，男人弓着身子倒在地上，捂着胸口半天提不上来气。我拍拍手，走进屋子，路遥和庞阳睁大了眼睛看着我。

我扭头望着蓝小贝所在的地方，她还被五花大绑，晕乎乎地睡在沙发上，不省人事。

我冷笑一声，对路遥说：“报警吧，有我作证，这个人若是关不上两年我就不叫方语筱。”

“啊……这个，绑架未遂关两年啊？”路遥嘿嘿一笑，不明就里地摸头问。

“我说两年就两年，有什么问题吗？”我能感觉到自己的脸如同冰霜一般，“你们不报警我来报警。”说着，我就要掏出手机。

“筱筱，先审问，先审问再说！”路遥扑过来抢过我的手机，笑得有些尴尬。庞阳过去将男人扶起来，连连点头，“对对对，先审问！找出充足的证据。”

“审问什么呀？咱们方家审问人的方法就是狠揍，往死里揍！”说完我做好架势又想动手，那绑架的男人慌也似的跪下，连忙求饶道，“哎呀别别别！我不玩儿了不玩儿了！钱也不要了，姑奶奶你放我走吧，咳咳咳！”话还没说完，他便捂着方才被我踹的地方咳嗽了起来。

路遥和庞阳面面相觑，脸颊通红。

“你滚。”我淡淡地对男人说道。

男人立马爬起来仓促地离开了这间房间。

我抬起头，望着这间屋子的陈设，在房间里来回踱步，慢悠悠地问：“租这个房子多少钱啊？租个演员多少钱啊。”然后，我收起漫不经心的态度，冲沙发上躺着的人吼道，“蓝小贝你给我起来！”

“不是我！”本来“晕倒”的蓝小贝吓得赶紧坐起来，差点儿从沙发上摔下来。她举手投降出卖队友，“是路遥！路遥想的。”

我扭头望向路遥，路遥拎着自己的两只耳朵蹲在地上，用行动自觉性地承认错误。

“你们到底想干什么啊？”我不解地望着这三个成年人，为什么正事不做老是给我惹麻烦呢？

庞阳挠挠后脑勺，说：“警花姐姐你别生气，咱们、咱们也是听说你将功补过就可以进入精英训练营，所以才想出这个办法的，你别气啊。”

将功补过……

我又好气又好笑地看着这三个狼狈的家伙，不知道该说什么好。

哪有出这样的馊主意让人将功补过的啊？我虽觉幼稚无语，可心中却不由一暖，眼眶也湿了些。

路遥方知语

【4】

房间里寂静了半晌，蓝小贝坐着、庞阳站着、路遥蹲着，一句话都没说，都愧疚得要死。

我伸出脚，轻轻地踹了踹蹲在地上的路遥，问："喂，你脚蹲得不麻啊。起来。"

"不起，丢脸。"路遥不肯起来，像个孩子似的，声音里夹着些对自己的抱怨。

我扭头问蓝小贝："你们下午有课吗？"

蓝小贝说："有一节课……"

我看向庞阳，庞阳忙说："我们两节课。"

"好，那就晚上吧。晚上我请你们吃饭，在你们学校外的李记大排档。"我说。

"吃饭？"庞阳有些不理解我的行为。

我懒懒地撑起眼皮，道："是，吃饭，为了报答为了我而操碎了心的你们。叫上马力和杨一飞一起啊。"说完，我又冲蹲在地上的路遥道，"慢慢蹲着吧你，晚上也蹲着过来吃饭哦。"

于是，我不再顾房间里傻了眼的三个人，轻笑着离开。

离开后，我浑身顿感轻松，仿佛老张给我的压力已经算不了什么了。有几个傻乎乎的家伙愿意陪伴我、帮助我，哪怕他们出不了实际力气，但是有他们在，我也不畏惧任何困难。

外面可以煎蛋的柏油马路烧得我脚心烫烫的，路过一道围墙，里头簇生的枝叶像茂密厚实的大伞一样挂在墙头。我心情大好，步伐也变得轻快起来。

回到家后，我简单地冲了个凉，便待在卧室看些书。直到时间差不多了，我才乘坐地铁去往理工大学。

一般到了放学的时间，校外附近的小摊位就慢慢支了起来。新一代的年轻人有很少不是吃货的，所以我到理工大学时，门外已经门庭若市。

找到李记大排档，发现蓝小贝他们已经等在位置上了。

我连忙走过去，说："不好意思我来晚了，先点菜吧。"

我随意在蓝小贝身边坐下，看着桌上的四个男生，道："喂，你们死气沉沉的干吗？"

他们要么垂着头，要么望向别处，就是不肯看着我。我扭头向路遥喊道："路遥，点菜！"

路遥一只手托着腮，另一只手翻开菜单，懒懒的报了几个菜名。见他们如此态度，我伸出手掌在桌上狠狠地拍了一巴掌，虽然忘记收力，手心火辣辣的疼，可到底是威慑到了他们四人，他们连忙抢过菜单，认认真真地点起了菜。

"真是的，非要凶你们。"我靠着椅子，偷偷地搓着泛疼的手心。

"警花姐姐，咱们今天……"庞阳不好意思地开口，我打断他，道："别叫我警花姐姐了，我有名字，我叫方语筱，身边人都叫我筱筱，你们也可以这样叫我。"

"筱……筱……"马力慢慢地念着我的名字，最后发觉我在看他，立马坐得笔直，说，“点好了。”然后，他将菜单递给我。

我叫来服务员，让她们马上上菜，然后叫了些饮料，避免上次的事情发生，我就没有喊酒。

我给大家斟满饮料，站起来举杯道：“虽然你们今天做的事情很蠢，但是我很感动。有你们的心意就已经很好了，其他的事情交给我自己，我能办好的，来，我敬你们。”说完，我将凉爽的饮料一饮而下。

喝饮料时，我的目光顺着杯壁往下游走，恰好看见了路遥慢慢勾起来的嘴角。

“行，那筱筱姐都说话了，咱们几个男人也不忸怩了是吧，来，我们都敬筱筱姐一杯。”杨一飞站起来，豪爽地说道。

于是，沉闷的气氛终于慢慢活跃了起来。桌子上，庞阳对蓝小贝的铁汉温柔我可是尽收眼底，若蓝小贝这种单纯的小女人有个老实又讲义气的男人保护，那这次认识他们，也不外乎是件好事。

“哎，筱筱姐，你是怎么知道这场‘绑架’是我们设计的？”庞阳好奇起来，杨一飞和马力也纷纷点头。用他们的话来说，这可是他们四个精心布局好的，结果却被我给识破。

我捧着脸，笑眯眯地说：“你们见哪个绑匪索要钱财的时候不报数目？还有用贝贝手机发过来的那张图片，图片是明显摆拍不说，贝贝的衣衫平整，头发一丝不乱，若真是遭遇绑架，贝贝在反抗过程中和劫匪绑架将她带往室内的这一过程中，她不可能维持这样的形象。莫不是绑匪将她丢在沙发上还要好生地整理一下她的头发与衣服？”

“嘿嘿。”庞阳摸着脑袋，道，“筱筱姐果然聪明。”

“不是我聪明，这种只是侦察的皮毛。”我笑着说。

可是，我不该说这句话的。

因为说出去后，庞阳和杨一飞就对我所学的十分感兴趣，非拉着我讲一些有用的知识和防身术。没办法，我只能将能传授的传授出去，不能传授的憋在心里。

最后，庞阳和杨一飞感谢我的大恩大德，非要跟我们拜把子。

“咱们六个人结为最强兄弟组合！哦不是，最强兄弟姐妹组合！”杨一飞做领导发言状站起来说，蓝小贝打断他，笑说，“咱们这里只有姐没有妹。”

“是是是，那么结为兄弟姐组合！”杨一飞立即改口，道，“咱们不求同年同月同日生，也不用同年同月同日死。只希望有福同享有难同当，我们四个兄弟一定会保护好小贝学姐跟筱筱姐。”

蓝小贝捂着嘴笑了起来，我笑而不语，心中却没有拒绝。然后，我们六人举行了结拜仪式，所谓结拜仪式就是碰了碗白开水。

这顿饭我们从六点吃到了九点。

白天的闷热感逐渐褪去，四周亮起了颜色不一的灯光。庞阳和杨一飞带着蓝小贝回学校，马力陪着路遥送我上车回去。

他二人走在后面，我一个人走在前面。马力问路遥：“路哥，你今儿个咋这么沉默，刚才一句话都不说。”

“有吗？口腔溃疡了吧，所以不想说话。”路遥毫无情绪地说。

“哈哈哈，跟个姑娘家似的在闹情绪吗？”马力笑着说。

路遥“啪啪啪”几巴掌落在马力的肩上，道：“你才姑娘家！”

“喂。”我回头瞪了一眼路遥，道，“别动不动就打人。”

马力缩着肩膀小跑两步跑到我身边，路遥却目光不善地瞥了我一眼。

到了地铁站的时候，眼看我已经安检了，路遥迟疑了许久叫住我：“喂，方语筱。”

我扭头看着他。路遥问：“半个月的时间吗？”

我愣了一下，随即明白过来他的意思，便说：“是的。”

“那你周末跟我回中山镇吧。”他说。

我不解他的意思，他又道：“周五我来接你。”然后，他便拽着马力快速离开了地铁站。

我虽有疑惑，却没多问。可到了周五中午的时候，我却接到了路遥的电话。

“方语筱，我到了万寿华庭了，走，带你去中山镇。”

我那时正在卧室里一边看警匪片一边啃西瓜，接到路遥的电话时有些震惊：“那个……去那儿干什么？”

“去那儿帮你将功补过啊。重庆市区真有什么需要帮助的，大家都会直接打110让警察来了，可是小镇上就不一样了，小镇上管理不够完善，需要帮助的人很多。”

我一听，觉得或许有戏，便道：“等我十分钟！”

然后，我迅速挂上电话，换上一身休闲的服装立马“噔噔噔”地下了楼。路遥站在小区门口，戴着一只白色的棒球帽，正无聊地踩着自己的影子玩儿。

“路遥。”我跑了上去。

路遥看着两手空空的我，问：“你空手？不带下洗漱用品和换洗的衣服吗？”

“我们要待很多天吗？”我有些疑惑。

路遥沉思了一会儿，抓住我的手腕道：“去那边买，咱们先去赶汽车。”说罢，我便迷迷糊糊地被他带走了。

【5】

汽车上，我望着慢慢倒退的城市光景，问坐在旁边的路遥：“为什么去中山镇？”

路遥笑笑，说：“那是我的家，我爷爷奶奶就在镇上。所以，我知道那儿可能更适合你，你去了之后就先住我家，我爷爷奶奶那里虽然不如你住的地方好，但是干净清幽，你一定会喜欢的。”

“这个无所谓，住哪儿都没关系。不过……我还是要谢谢你啊。”我微微探出一点身体，笑着看向他。

路遥仓促地看了我一眼，果断地将头扭向旁处。我觉得好笑，明明是个脸皮极厚的家伙，现在又为何这般害羞。

汽车大约行了一个多小时，而后在一座古色古香的小镇上停下。我跟着路遥下了大巴，这里的人们打扮朴实，镇上的空气也让人觉得舒适。

“你等一下去见我爷爷奶奶，不用太拘谨，他们都很和蔼。”路遥在前头带路，说。

我看着来来往往朴实无华的小镇村民，笑着说：“没关系，我不会拘谨。只希望他们二老不要误以为你是带了个女朋友回家。”

路遥走着走着忽然趔趄了一下，我好心地想开口询问，却见他加快了步子，我只能快速地跟上。

一分钟后，路遥停在了一处小户宅外，开了门进去。我随他走进去，见这是一间古朴干净的小庭院，里头显得很宽敞，庭院阴凉之处，路遥的爷爷躺在凉椅上，奶奶正在给他刮胡子，许是刀片划到下巴了，爷爷痛嗷嗷地说：“哎呀老太婆轻点儿，疼！”

“你别乱动啊。”奶奶按着爷爷的脑袋，免得让他乱动弹。

“奶奶，你又在欺负爷爷了。”路遥径直走过去，奶奶听到声音，望过来，喜悦地丢下爷爷拉着路遥的手，道，“哎呀，遥遥回来啦。哟。”她的目光落在我身上，好奇地问，“你是筱筱吧？”

“奶奶好，打扰了。”我礼貌地微微鞠躬。

“不打扰不打扰。”奶奶笑眯眯地过来捧着我的手，眼角的皱纹似夹着夏日的阳光，让人觉得温暖亲切。

“老婆子，来客人了？”爷爷挣扎着要从凉椅上站起来，路遥忙伸手去扶。

路遥说：“爷爷，是我跟你们提起的方语筱，她被学校安排来维护小镇上的治安，暂时住在我们家。”

“好好好，家里好久没来过客人了。”爷爷笑呵呵地对我招手说。

我脾气纵使不好，但是与人相处自来熟，要么成敌人要么成朋友，所以，我在这里很快地就熟络了起来。奶奶十分热情，说要做一桌子好吃的来招待我。

我和路遥帮着奶奶在院子里开着水龙头洗菜，我问：“路遥，小镇上的氛围看起来这么祥和，我能在这里做什么呀？”

“你都说了，是看起来祥和。”路遥将一大把青菜捞出来沥水，说，“小镇上大部分人是挺祥和的，但是这里老人居多，需要帮忙的地方也很多。而且有个别年轻人尤其喜欢占老人的便宜，镇上还有部分天生残障的居民在做生意，有人欺负他们老实，总会去坑他们。”

“那吃了晚饭，你陪我出去转转吧。”我笑着说。

“没问题，顺便给你买一点洗漱用品和换洗的衣服，等你什么时候觉得可以回去了就回去。”路遥说。

“哎？你周一不上课吗？”我疑惑地问。

路遥撇撇嘴，道：“请假了。”

说完，他就把洗好的蔬果端向了厨房。

我呆呆地站在原地，望着他的背影出神。他说他请假了，为了什么？

吃完晚餐，路遥陪我出去逛街，顺便熟悉一下小镇的街道。刚走出不远，便看见一个小孩儿在疯狂地追着一条掉了链子的宠物狗，小孩儿哇呀呀地叫着，急得用方言直骂：“狗发瘟的，跑啥子？站到起！”

小狗往我脚下钻过去，我敏捷地躲开，下意识地踩住了小狗脖子上的绳子，然后蹲下身去将它抱了起来。它十分地不听话，在我怀里乱钻，想要逃离出去。

“姐姐！狗狗、狗狗。”小孩儿跑来，朝我张开手，两只眼睛期盼地看着我。

我笑着将狗狗递给他，他如获至宝道：“终于抓到了，这狗可淘气了，每天都要跑出来，李奶奶腿脚不利索，又抓不到它。”

我笑着摸了摸他，道：“原来你也是个热心肠的小家伙啊。”

小孩儿笑起来，说：“谢谢姐姐啦！我要把狗狗抱去给李奶奶了，再见。”说着，他撒开脚丫子跑远了去。

路遥两手环胸，许久不见的笑容浮上眉梢，自信地问：“怎么样？运气好吧。”

我不屑地说：“不过帮忙抓了只狗而已，只弯了个腰，这有什么好骄傲的。”

“喂，方语筱，你这样的想法永远都拿不到功劳的。”路遥纠正我的观点，认真地说，“只要是帮助别人，无论事情大小，都能体现一个人的素质和品德。没有人在意你所做事情的大小，他们只在意你做没做，所以，哪怕是帮别人的一个小忙，在我们心里，你都是很了不起的。”

“哈？”我指着路遥的鼻子，善意地调侃，“你这种脸皮厚到一定程度的变态居然会说这么暖心的话？”

“什么变态！”路遥欲要擒住我的手指，却被我麻利地躲过，“我要去买点贴身的衣服，哪儿有？”

"内衣就内衣嘛，还贴身的衣服。"路遥鄙视了我一声，随即带我去找内衣店。

我在他身后翻着白眼，更是对着他的背影拳打脚踢。

来到内衣店时，我说："你就站在外面不要进去了。"

"凭什么不进去？我不进去怎么知道什么内衣适合你。"路遥旁若无人地说道，我握着拳头对着他的背影抡了一圈，看着他揣着手若无其事地走进店里，我也只好跟着进去了。

店里的女店员热情地向我跟路遥推荐款式，路遥随手拎起一件性感薄纱的紫色内衣对我笑道："内衣界的'衣花'配警校的'警花'，如何？"

"你去死！"我瞪了他一眼，随即去挑选平常的内衣。女店员看了我一眼，问，"您穿多大的？"

我脸一烫，扭头看着路遥，路遥故意无视我，手撑着内裤架子，随口说道："34D吧。"

该死！我没问他啊！我只是想要他回避一下！

似乎是看出了我眼神中的幽怨与愤怒，路遥自觉地走到了门口，背对着我。我满脸黑线地对女店员说："34D吧，不试！就这个！"我指了一件白色的内衣，道。

"好的，我将适合您的型号包起来，需要内裤吗，小姐？"女店员又礼貌地问。

我扭头警惕地盯着路遥，随手扯了两条内裤下来。女店员迅速地替我包好，我付钱后走向路遥，说："可以了，走吧。"

路遥"绅士"地伸手："辛苦了，我帮你拿吧。"

"才不要！"我将袋子挪到一旁，嚷道。

"别这样啊，34D挺重的，我帮你。"路遥十分淡定地说着没皮没脸的话，我脸上红一阵白一阵，抬起腿就踹过去，"路遥！你要死哦！"

路遥很好地闪避开来，两只手揣在短裤的兜里，爽朗地笑了起来。

小镇上热闹却不喧嚣，晚间吹来的风还带着丝丝的凉意。我跟着路遥走过一条条青石街道，他绘声绘色地给我讲述着中山镇的历史，偶尔调侃我两声却始终愿意打打。

我望着他的侧脸，心中无比好奇，我居然会跟路遥成为朋友。

对我而言最不可能的事情都发生了，那么我心中想做的事，离成功还远吗？

第四章

熟悉的故人

路遥方知语

【1】

在中山镇待了三天，我开始喜欢这里了。

喜欢这里的生活方式，惬意舒心；喜欢布满青苔的桥身，在小镇两岸看着小舟流水似光阴流逝；喜欢邻里街坊，趁夜未央，摇着蒲扇坐在门槛前聊着家常。

一切令人愉悦的都是小小的，却又是直达心底的。

在这三天里，我不仅喜欢上这里的生活，还帮助了许多人。例如替隔壁的刘大婶修了漏雨的房屋、帮街边卖农菜的老人家赶走了贪小便宜的买主、路过拔火罐的小店子，灭了意外燃起的小火、送先天性肢体残疾的小朋友回家，诸如此类。

路遥的奶奶在院子里给植卉浇水，笑着说："筱筱你没来之前，小镇上的一些芝麻小事总会弄得鸡飞狗跳，现在你来啦，大家有什么事儿都来找你，喜欢你、信任你，你以后呀，一定要多来奶奶这里小住一阵子。"

“我会的，以后有什么需要我帮忙的，就算我不在这里，我也会尽量赶过来。”我在一旁握着笤帚扫院子，如是说。

我是认真的，如果小镇上需要我，我会义不容辞地赶过来。

奶奶笑道：“遥遥跟我说，你是个要干大事的人。所以呀，你有这个心就好咯。”

我将院子全部打扫完毕，扭身坐到庭院的小凳子上，问：“奶奶，其实这次我最要感谢的就是路遥了，以前我不知道他原来是这么热心肠的一个人。”

“遥遥这孩子说有女娃娃要来这里，吓我一跳，这孩子从小就不招女娃娃喜欢。也难怪，打小就调皮，喜欢捉弄女娃娃，所以没有女生喜欢他，那时我还担心他长大了找不到女朋友呢。”奶奶一边说，一边回忆往事，我想到初初与路遥见面时的情景，他可的确不容易被女生喜欢啊。

“当看到他把你带回来的时候，我就忍不住感叹，这小子终于长出息了。”奶奶浇完植卉，转身对着我慈祥地笑着，我也被奶奶逗笑，捂着嘴乐了起来。

这时，话题中的主人公忽然风风火火地从院子外面跑进来，边跑边喊：“筱筱！”

我正不知何意，就见路遥抓起我的手，道：“快，快跟我来！”

纵使不知何意，路遥这般着急，定是有什么重要的事情发生。于是，我紧跟着路遥，两分钟后到达了目的地。

那儿围着许多的小镇村民，我走近时才感受到了奇怪的感觉。

有很浓烈的煤气味，应该是谁家的煤气外泄了。

“那是谁的家，有人吗？”我问路遥，路遥探头道，“路奇叔叔家，房门紧闭，不知道里面是否有人，路奇叔叔的电话也打不通。”

这气味刺鼻难受得紧，如果不及时关掉阀门，只怕会因意外产生爆炸。我扭头对路遥道：“你把衣服脱下来。”路遥知我用意，立马脱下衣服，我将衣服在旁边自来水龙头下浸湿，对他说道，“路遥，你去门口等我。”然后，我拔高声音道，“大家先不要使用手机，避免发生爆炸，我上去看看什么情况。”

“哎呀姑娘，危险得紧，咱们已经报警了，等警察来吧。”有邻居见我有意入宅，如此道。

“不行，不知道警察什么时候来，也不知道屋子里到底还有没有人。”我望了望窗台上微微打开的窗户，说，“我必须上去看看。”

说着，我用沾着水的衣服捂住嘴鼻绑在脑袋上，沿着排水管和空调外机就往出事的三楼上爬去。

“方语筱！”路遥忽然喊住我，我扭头望着他，见他眸子里裹了一层担忧，便道，“路遥，你在门口等我，我会很快出来。”

路遥顿了一下，跑去门口候着。

我迅速地爬上窗台，里头视线受到阻碍，可我仍依稀地瞧见了一个大约十一二岁的孩子躺在客厅里。我皱眉，打开窗户跳下客厅，先将湿衣服取下来盖在孩子的嘴鼻之上，随即捂住自己的嘴鼻钻到了厨房。我费力地找到煤气阀门，将它拧紧，然后跑去客厅开门。

门是被反锁的，想必是这个孩子自己锁了又打开煤气忘记了关，才会酿此危害。

门一开，路遥见我这般模样，吃惊道："方语筱，你……"

"有个孩子。"我无心计较这些，转身去客厅将孩子拖了出来，路遥见状，忙过来帮忙。楼下的村民们也渐渐赶了上来，见我们手里抬着个孩子，纷纷过来帮忙。

我将这孩子交给他们，自己准备下楼时，却觉得头脑一阵晕眩。一双手及时搀住了我，路遥道："吸了煤气的滋味如何？"

听不出什么语气，但我知道他担心我。

"滋味不错，就是有些头晕，快带我下去。"我的确有些晕眩，但为了不让路遥担心，装作轻松的样子开玩笑。路遥忽然伸手搂住我的肩膀，紧紧地扣在他的怀里，带着我一步一步往楼梯下走去。

他还裸着上身，皮肤上滚烫的温度透过我薄薄的衬衫，烙在我的身体上，烙得发烫。

"带你去卫生院看看吧。"身边的人忽然开口，我只觉得天旋地转，耳鸣声渐起。

"不用，我只是轻微中毒，回去睡一会儿就好了。"我微微摆了摆手，轻轻揉着自己的胸口。

旋即，路遥将我捞上他的后背，二话不说将我往家里背去。我感觉十分疲累，便没有介意那么多，任由路遥背着我回去了。

以前哥哥跟我说过，煤气轻微中毒者，喝点绿豆汤，在通风的地方好好休息，就会没事的。

所以，我也会没事的。

我不知道什么时候到家的，也不知道自己什么时候睡过去的。我只感觉自己的身子沉重，意识像潜入了无尽的深渊，什么都记不起来了。

我再醒来的时候，天已经黑了。有人在房间里煮着什么东西，香味儿让人很舒坦。

“喂……”我无力地躺在床上。

一个人影笼罩过来，低着头看我，似松了一大口气道：“醒了？还以为你会死。”

“路遥。”我没有力气与他争辩，挣扎着爬起来，他用枕头给我靠着，转身给我盛来一碗绿豆汤，一勺一勺地要给我喂，说，“背你回来，你迷糊且认真地说，煤气轻微中毒要喝绿豆汤好好休息，于是，奶奶就给你煮了绿豆汤，我在这里照顾你。”

我喝着绿豆汤，问：“我说出来了呀？这些明明是我脑海里想的。”

“你说出来了。”路遥撇嘴道。

“那我还说了什么？”我怕说了什么不该说的，忙问。

路遥耐心地喂完了绿豆汤，将碗放在一边，看着我，语重心长地说：

“你说你想你哥哥了。”

哥哥吗？我眸光轻垂，脸上是平淡的浅笑，我想他，日夜都想。

想他为了救我跌下山崖，搜救队找了三天三夜找不到活人，更找不到尸体。想着，过了这么久，以后甚至更久，未来的时间里，我到底能不能再见到他呢？

【2】

我跟路遥对坐着，两个人都在沉默。

不知何时，我眸中的湿润渐渐褪去，取而代之的是坚定。我抬起头，问路遥：“你说我会找到哥哥的吧？”

可与此同时，路遥也忽然对我道：“筱筱你会找到他的。”

我微微一怔，说不出话来。

“我是认真的，方语筱，你努力了这么多年，一定会找到他的。”路遥望着我，眸光坚毅。

我挪开目光，避开这个话题，笑笑：“带我出去走走吧，睡坏身体了。”我捶着疼痛发酸的肩膀，道。

“哦对了，恐怕还不能出去，今天煤气中毒那小孩儿的爸爸妈妈还在外面等着，说是要当面跟你道谢。”路遥看我马上要起来，扶着我说。

我穿好拖鞋，下床伸了个懒腰，说：“那去吧。”

于是，路遥带着我出去。正在和爷爷奶奶聊天的两位家长见到我，立即过来围着我不停地道谢，就差下跪磕头了。他们还买了些礼品和酒糖送给我，说我是他们家小孩儿的救命恩人，大恩大德无以为报。

这样的场景我有些承受不来，旋即用眼神向路遥求助。路遥带着对方家长坐好，解释我已经接受了道谢，但是身体不适还需要时间多多休息，对方家长立马表示谅解。

路遥转身过来带我出去散心，小镇上又恢复了往日的宁静。像这样不算知名的古风小镇，游客也不如声名远扬的景区多，所以各种氛围都来得恰到好处。

走在我旁边的路遥将两手揣在牛仔裤后面的裤兜里，望着满天星辰，说："明天我去找镇长，让所有被你帮助过的村民给你签份名单，然后印上中山镇的印章，你这次回去就一定能将功补过的。"

"因为我这个小小学生，还要劳烦镇长，这样好吗？"我总觉得心里怪怪的。

"你放心啦，镇长跟我爷爷关系很好，而且这次你救了镇上的人，只是给你开个证明，不是什么大忙，所以不用介怀。"路遥安慰我。

我笑笑，一切听路遥的，于是我不再说话。

第二天我醒来用早餐的时候，路遥真的给了我一张证明，上面有村民们的感谢信，还有我帮助过的人的签名，不仅印了中山镇的印章，还有镇长的亲笔批注。

这也太厉害了吧？

我捧着这张证明，激动地半天合不拢嘴。

“爷爷，路遥，真是谢谢你们了。”我不知该说什么好，唯有“谢谢”才能表达我心中的感激。

奶奶在旁边给我夹了一筷子菜，说：“谢谢咱们就多吃点儿！”然后，老奶奶爽朗地笑了起来。

那天早上吃完饭后，我跟路遥就回市区去了。坐在回市里的汽车上，我竟然有些恋恋不舍，我抱着藏有证明单的包包，无意地说：“路遥，以后有机会还回来吧？”

“你愿意我可以带你回来。”路遥靠着窗户，微笑道。

我脸上挂着满足的笑容，想到终于又有机会进精英训练营了，这次无论如何都要抓住机会！

所以，当我把这张单子拍在老张的办公桌上时，浑身上下都带着一股我最牛的神气。老张看着我的证明单，摸索着只有胡楂的下巴，频频点头，道：“不错啊筱筱，这么快的时间就拿到了功劳，真厉害！”

“那是，那么现在我可以进精英训练营了吗？”我充满期待地问。

老张将证明单收起来，终于肯将脑袋从电脑屏幕那里抬起来，对我笑道：“我晚上去聚餐就把这张证明单交给上头，你放心，你立了这么大的功，上头肯定允许你进入训练营。”

“谢谢老张！”我扑过去，抓起老张的手如小鸡啄米似的吻在自己的手指上，然后欢快地冲出屋子，给了在外面偷听的郭楠一个巨大的拥抱！

路遥方知语

郭楠拍拍我的后背，由衷地说："恭喜你啊筱筱！"

"恭喜筱筱。"小谢也在一边摸着脑袋，笑嘻嘻地说。

我挑挑眉，道："走，晚上请你们吃火锅！"说着，我一个大旋转，正要张扬地离开老张的办公室楼，忽然从迎面走来了刘昊学长，他像是刚训练完，外衫敞开，里头的白T恤还沾着些许汗水。

不过，刘昊在热得发疯的天气下还是显得这么迷人，他微微甩头，露出灿烂的笑容，往我这边看了一眼，便进了老张的办公室。

"他刚刚是在看我吗？"我定在原地，故意严肃地问。

"好像是。"郭楠和小谢在我旁边麻木地点头。

我的心里被粉红色的泡泡灌满，虽然刘昊在学校的每场演唱会我都会去看，但是我还从来没有跟他说过一句话呢，更别说他路过我身边还看我一眼，冲我微笑了。

"筱筱，筱筱！"郭楠在身后拍拍我的肩膀，问，"火锅还请吗？"

"请啊。"我心情好，想吃多少我请多少。我将黏在刘昊身上的目光收了回来，大步地往前迈去，作为同是饭友的铁哥们，郭楠和小谢兴致勃勃地跟在我身后，恨不能将我高高奉起。

同天晚上，和郭楠、小谢吃完饭偷偷溜回来后，老张给我打电话，说上头很满意我的成绩，他明天就给我提交精英训练营的申请，只要上头批下，那么我就可以进去了！

得知这个消息，趴在床上的我立即跳了起来，抱住正在贴着黄瓜片儿的杨梦繁激动尖叫：“梦繁！我有机会了有机会了！”

杨梦繁脸上的黄瓜片儿被我悉数晃落在地，她淡定地说：“哦。”然后又去重新切黄瓜片儿。

“哼哼——”我笑着哼哼两声，旋即又躺在床上，将路遥四人和蓝小贝拉进了一个微信群，告诉了他们我的这个好消息。一时间，他们纷纷在群里恭喜我，我将手机捧在胸前，在床上辗转反侧。

今晚又是一个不眠夜啊，不过没关系，万事不敌我高兴。

【3】

第二天，老张帮我把申请提交上去，等待上面的答复。

而蓝小贝和路遥一群人竟然骑着脚踏车从理工大学来到了我们学校，我跟门卫苦口婆心说了一番，他才不耐烦地放我出去，还让我签个字，出了什么事自己负责。

校门口，路遥他们看起来早就到了，蓝小贝一见我，立刻熊扑过来抱着我。

路遥他们四个男生或半坐在脚踏车座垫上，或站在一边，看上去朝气蓬勃。

我走过去，笑着说：“难为你们特意过来为我庆祝，为了你们，今天下午我的课翘了，去哪儿？”

“去凤天公园吧。”路遥说着，自然地转身将脚踏车推过来。

与此同时，杨一飞和马力从左右两方殷勤地推着脚踏车走向我，活生生地将路遥夹在了中间。

画面显得有些滑稽，我目光瞥向别处，偷笑了一声。

“干吗呢你们，造反啊。”路遥冷冷的目光扫过二人，二人耸着肩膀退了回去。

路遥清了清嗓子，以绅士的姿态邀请我上他的后座，我眉毛轻轻一挑，大步地走到蓝小贝的脚踏车面前骑了上去，道：“贝贝，上来。”

“好嘞。”蓝小贝雀跃地跳过来在我后座上坐下，双手牢牢地抱住我的腰，靠在我的背上。

我的双腿离开地面，踩着踏板扬长而去，完全无视了身旁几个男人怪异的眼神。

“筱筱，你终于离自己的梦想又近了一步，我真替你开心。”蓝小贝坐在我身后，牢牢地抓着我的腰，兴奋地说。

“不能高兴太早啊，只要我一天没去训练营，我就不敢高枕无忧。”我奋力地蹬着踏板，将我和四个男生的距离远远拉开。

人声鼎沸的街上，汽车排起了长长的队，我们六个人五辆脚踏车，从车旁的缝隙里擦身而过，挑了条僻静的小巷前往凤天公园。

我早早地就将手机关了，要出来玩儿怎么能让别人打扰呢？

我们几个围着凤天公园骑了几圈，辗转去了歌乐山森林公园。直到夕阳西下，我们踩着余晖的影子回了九龙坡。用路遥的话说，今天浪得不知所以。

如果没有发生接下来遇到的一件事的话，今天一定过得特别完美。

“筱筱，他们想去吃你们这里的一家自助。”到饭点的时候，蓝小贝戳戳我的胳膊，满怀期待地看着我。

我心情好，当下点头道：“可以啊，我请你们。”

说着，我们将脚踏车停在自助餐的门口，进去用餐。

我没料想会在这里遇到刘昊学长，还是以一种我完全想不到的方式。我在房间里是被路遥他们拉去看好戏的，自助餐海鲜区那里吵了起来，原因是有个女孩子想吃煎牛排，跟厨师说了一声便离开去取其他菜品，厨师没有听清楚她要的是什么，于是煎好的牛排给了别人。

女孩子过来没有拿到牛排，有些生气，便责怪起煎牛排的厨师，厨师道歉后表示马上替她煎牛排，可女孩子似乎娇生惯养惯了，没得到想要的东西，心里十分不爽。

对，故事听起来跟刘昊学长不沾边。

可是，这个女孩子是刘昊的女朋友，刘昊为帮女朋友出头，在自助餐厅里对着厨师骂了起来。

我站在人群后面，透过一点罅隙呆呆地看着那个嚣张跋扈的人，不止一次地在心里问自己，这真的是我引以为傲的男神刘昊吗？真的是那个在舞台上深情款款对着你唱情歌就能将你芳心虏获的刘昊吗？

他难道不是温柔的，一笑起来阳光也会黯淡的吗？

为什么此时此刻会站在这里维护一个娇滴滴又蛮横的女生，双手叉腰地指着别人的脑袋破口大骂，甚至还拿出自己的家庭背景压迫别人，拎起煎好的牛排甩到别人的脸上？

“太过分了。”身边的路遥皱起眉头，欲上前打抱不平。

我一把抓住路遥的手，紧紧地抓着，脑袋垂得低低的，两条眉毛像毛毛虫一样拧着。

“方语筱？”路遥低下头看了我一眼，疑惑地喊着我的名字。

我撒开手，转身回到了自助餐的房间里。不一会儿，路遥他们也都回来了，杨一飞嘴上还在说着刘昊的事情，多是不好的评价。

“你别说了，杨一飞。”蓝小贝瞪了杨一飞一眼，众人看向情绪低落的我。

“怎么了？”庞阳用气息声问着蓝小贝，蓝小贝担心地看着我，又不敢过问。

关于刘昊，蓝小贝是知道的，因为我经常在她面前提起，因此她也知道刘昊对我来说是一个怎么样的存在。

我纵使对他不够深情，但是喜欢的程度足以让他看我一眼我便能高兴好几天。

蓝小贝在边上偷偷地对路遥说着什么，我看了她一眼，说：“行了，别咬耳朵了。”

“筱筱。”蓝小贝走过来坐在沙发扶手上，两只手搭着我的肩膀。

我坐在那儿，半晌才咬着牙道：“以前真是眼瞎了。”

“不是你眼瞎，是这个王八蛋隐藏得太深。外表一副温和金丝雀的样子，其实就是一头狼！”蓝小贝附和着我的话，为我两年来的识人不善抱不平。

“什么一头狼，这也太侮辱狼了。要我说，就是你们女人笨，看男人只懂得看外表，所以才会被骗。”杨一飞坐在对面，跷起了二郎腿，以过来人的姿态说道。

“杨一飞，勾搭的女人多不代表你就是元老了。”蓝小贝狠狠地说。

杨一飞耸耸肩，道：“我只是发表一下意见。”

我抬起头，望着对面的四个男人，庞阳虽然个头大，但是眼神里面的单纯劲儿还在。马力老老实实地坐在那儿，目光却清明，说明外表看起来老实憨厚，属于最容易被人欺负的那种人，但是心底精明得很。杨一飞吊儿郎当地抖着腿，目光乱窜，思绪完全不在这里，做事看热度，没了热度甩手比花钱还快。至于路遥，他面无表情地盯着我，眼神犀利得让我不敢继续揣测他的本性到底是什么。

我纳闷儿了，这四个人明明我一眼就看出来他们是什么样性格的了，为什么刘昊我却没看出来？

是对手隐藏得太深了吗？

我愁眉不展，心里像是有个疙瘩在慢慢滋生，不将它拿掉，心中无法安生。

这顿本来由我请的自助餐，我们大家吃得都不是很自在。

【4】

当天晚上回学校的时候，路遥给我发来一条微信，问我是不是想揭发刘昊的“罪行”？他简直是我肚子里的蛔虫，我想什么他全都知道。

如果放在平时，我也许会念及自己曾对刘昊的感情而选择隐瞒这件事情，但是现在，我做不到。

因为刘昊马上就要被授予2016届优秀毕业生的头衔了，就在明天，他的市长老爸就会在学校的大会上亲自给他授予头衔、奖励，亲自为他颁发警服。

他将成为一名正式的人民警察。

可是在自助餐的那一幕还清晰地在我脑海里回旋，我不禁问自己，这样的人真的配当人民警察吗？

我想到当年我哥哥那么辛苦那么努力才能成为实习警察，我就觉得心里不平衡。

第二天的大会上，所有人都在见证刘昊的“荣誉”时刻，激动地为他鼓掌喝彩，只有我一个人坐在人群里，脸像块冷漠的冰块。

等到大会结束，我心里都不能够平静。

“筱筱，你咋了？刚刚看你一直不高兴。”郭楠跟我并排走着，关心地问我，“是不是生病了？”

“没有。”我挡下他凑过来想要摸我额头的手，无力地说。

“那你怎么了嘛，气压低低的，一点都不像万能的筱筱女王。”郭楠故意说话来激我，我没有上他的当，反而心事重重地问，“郭楠，你说帮亲不帮理、不问事情缘由在公共场合对无辜方破口大骂甚至动手的人，这种家伙适合当人民警察吗？”

“当然不能了！”郭楠果断地说，“虽然、虽然我觉得帮亲不帮理在某一层意义上讲可能没有什么错，但如果是人民警察，就不能这样做了，这样有失公允，对就是对、错就是错，哪怕是亲近的人犯了错，也绝对不能包庇，得秉公处理！筱筱，这些都是老张教我们的，你不会忘了吧？”

我皱了皱眉，道：“我没忘，我只是……”

“你到底咋了？”郭楠见我这个样子，有些上心了，问，“筱筱，你是不是出什么事了？你告诉我，咱是好兄弟，不能坐视不理。”

我咬着下嘴唇，铁了铁心，仰起头说：“郭楠，如果我要去揭发刘昊的‘罪行’，你会支持我的吧？”

“啊？你说的那个人是刘昊学长啊！”郭楠吃惊起来。

“对，就是他。”我将发生在自助餐的事情一五一十地跟郭楠说了，郭楠义愤填膺地说，“真可恶！平时没看出来啊。”随后，他又气馁道，“可是筱筱，人家的老爸是市长啊，你势单力薄，没有什么背景的，人家怎么……”

看到郭楠为难的样子，我心里猜到了十之八九。我脸色一拉，道：

“胆小鬼！我自己去！”说完，我就往领导们聚餐的地方走去，郭楠着急地跟在我后边儿喊道，“别啊，祖宗欸，你别冲动！”

我哪里管得了那么多，心中的正义感爆棚，就算他老爸维护他，在场的不还有其他人吗？什么局长什么老张的，我就不信刘昊那么厉害，处处都是后台！

可是，我想错了，他哪怕只有一个市长老爸维护他，也足以让我兵败如山倒。

我找到饭店的包厢，当着他们的面狠狠地揭开了刘昊伪装的外表，老张铁青着脸让郭楠将我带回去，在座的人没有一个肯相信我。

大晚上的，我在老张的办公室不停地做着下蹲，老张站在我面前严厉地训斥我。

“可我又有什么错？”我不甘心地停止了下蹲地动作，对老张说道。

老张厉声道：“谁让你停下的！”

我委屈，只能抱着脑袋继续下蹲。

“你以为你特正义是吧？你以为你无所不能是吧？方语筱，你长没长脑子？先不说你有没有证据，就算你有证据，你在那么多人的面前指出刘昊的不是，你让他爸的面子往哪儿放？他爸是市长，捏死你跟捏死只蚂蚁没什么区别！”

我不停地做下蹲，不停地反驳：“市长就了不起吗？市长就能护短吗？什么道理！”

“为什么不能？”老张反问，“刘昊是他的儿子，他不护他难道护你？方语筱，你不是小孩子了，你能不能有你哥哥一半的冷静和睿智！”老张恨铁不成钢地搬出我哥哥，我一听到哥哥，动作便缓缓地停了下去，眼睛里迅速地氤氲起了浓浓的水雾。

老张许是发觉戳到了我的痛处，看了我半天，语气缓和了下来，说：“要不是我让郭楠拉你走，你未来就别想混得好了。”

我低着头，没有说话。

一直站在旁边的郭楠走过来，在我身边站下，小心翼翼地安慰：“没事儿啊筱筱，没事儿。”

老张转过身去，从桌上拿了个文件过来，递到我面前，说：“这个是你进入精英训练营的资格申请，被……被驳回了。”

“哗啦——”心上某个地方轰然崩塌，我咬着下嘴唇，眼泪迅速地划过脸庞。

郭楠接过文件，上上下下看了好几遍，惊讶地问：“老大，这、这是咋回事？”

“还能咋回事？冲动惹的祸呗。”老张带着余愠说，“没这档子事，这个申请就不会被驳回。”

办公室里陷入沉默，老张又叹了口气，说：“筱筱，上面让你先回家待着，好好反省一下自己。你也别太在意，什么时候可以回学校了，我通知你。还有刘昊，本来可以马上去警察局工作的，现在也被查看在家，表现得好才能进去工作。”

我紧紧抿着嘴，两只手攒成了拳头。半晌后，我夺过郭楠手里被驳回的申请，转身冲出了办公室，郭楠在身后喊着我的名字，追了上来。

跑到操场上，我气愤地将申请文件扔到空中，冲着空旷的操场大声骂道：“刘昊你这个不要脸的混蛋！我方语筱绝对不会放过你的——你去吃屎吧你——王！八！蛋！”

郭楠帮我一一捡起散落的文件，走到我面前，特义气地说：“对，就是个王八蛋，筱筱，从此以后他也是我郭楠的敌人。”

“就知道嘴上说，有什么用啊！关键的时候还不是胆小如鼠！”我抢过文件，对郭楠恨恨道，郭楠垂着头，表情有些不自在。

我盯着他多变的表情，心中因不公平对待的原因而越发觉得委屈，我眼眶红红的，转而道：“对不起，我不是有意那样说你。”

“没事儿，我刀枪不入。”郭楠看着我傻兮兮地笑着。

我抿了抿嘴，道：“这件事儿我算记住了，以后也得长个心，这个金玉其外败絮其中的刘昊！总有一天我要狠狠地挫败他！”

郭楠挠了挠脑袋，说：“筱筱，我会支持你的，我觉得你一定行，一定能像你哥哥那么优秀。只有你变强了，那些不公平的事情才能在你的手里慢慢变得公平，所以，人要强大才能做好自己认为对的事情，筱筱，你说对不对？”

我望着郭楠的双眼，心中的情绪慢慢消散，我坏笑地说：“傻大个还会说励志的话，不错嘛。”

郭楠忽然被夸，有些不好意思地挠挠头说：“哪有哪有！”

我笑了笑，深吸一口气，仰望着夜空星辰。

未来的日子还很长呢，我不知道还会有多少意外，但我一定会吃一堑长一智，每次遇到意外都能处理得比上一次好。

我会慢慢追上哥哥的脚步，甚至比他更优秀。我也一定会找到他，无论是在黎明还是深夜，无论在这个世界的哪一处角落。

只要不放弃，我总会找到。

【5】

第二天，我离开了学校。用老张的话来说，不知道什么时候才能让我回去，但是他答应我会帮我说好话，尽量让我早点回去。

回到家后，我将缘由如实告知给爸爸，餐桌上，爸爸想了一会儿，给我夹了一筷子的肉，说：“筱筱，你没有做错。”

得到家人的肯定，我将那些委屈全部抛诸脑后。老爸说，这次回来就当休息了，没什么大不了。

不过，在家里百无聊赖的我为了避免自己潮湿发霉，在待了三天后终于拖着懒惰的身体走出了家门。

此时已褪去了夏日的炎热，即便正午日光当头，也不觉得灼热。

入秋了。

路遥方知语

不知不觉地来到跆拳道馆，里面的工作人员见着我都跟我打着招呼。此时台上有两人正在对练，两个人的水平均已达到了红黑带。

我双手环胸，默默地站在旁边观摩，直到二人打成平手，取下头盔互相拥抱了下。

背对着我的那个人转个身，从台上跳了下来，看清他模样后，我倒吸一口气，不由地往后退了一步。

路遥？

怎么会是他？

路遥瞧见我，走了过来，问："你怎么在这里？"

"你怎么在这里？"我反问，指着路遥一身的行头，这个人居然会跆拳道？他不是经不住打吗？

"哦，一直忘了告诉你，这个跆拳道馆是我大姑父开的。"路遥说得云淡风轻，仿佛没听出我的言外之意。

我低着头，皱眉冥思，难道这家伙以前不会打架都是在演戏，故意做给我看的吗？

"喂……"头顶一个声音响起，我猛地抬头，差一点儿就撞上路遥凑进来的脸。他狐疑地看我几眼，忽然神秘地笑起来，"我说，你来这里是因为又想见我了吗？"

"你还能要点脸不？"我抬起头，双手环胸道，"本姑娘从小就在这里混，我看你最近出现的次数多，是你想见貌美如花的我吧？"

路遥笑起来，眼睛眯成了一条线，他点点头，说：“对呀对呀。”

我脸上的笑容顿时僵住，算了，他脸皮厚，我怎么说得过他。想了想，我转身离开，路遥跟在我身后问：“哎，你不练了吗？”

“不练了。”我说。

“那你等等我，我去冲个凉换个衣裳，一会儿陪你出去走走。”

“不……”我扭头，刚想拒绝，却看见路遥已经冲进了沐浴室。

我吐了口气，无语道：“这家伙。”

而后，我看了看手腕上的表，抄着手去跆拳道馆外的等候椅上坐着等他。跆拳道处于一个路口，左通大道商场，右通小巷居民区，形成了一副左侧繁华热闹右侧薄凉如水的景象。

我站起来，往商场那边走去，此时一个身穿红色连衣裙、身形修长性感的女人从我身边走过，她不动声色地在擦过我身边时轻声道了一句：“有人在跟踪你哦。”

说罢，她便径直进了商场，我一愣，随即往反光的玻璃大门望去。那里面折射出了我身后停车场的位置，在一辆MINI的车后，我看到了一个人未藏住的脚。

泛旧的皮鞋，带着星星泥点的裤腿。

我警惕起来，立即进了商场。我所进的门是一号门，进去后我很快地往2号门走了出来，发现外面已经没了那群人的影子，看样子他们已经进了商场了。

路遥方知语

我一边往跆拳道馆走去，一边给路遥打电话，路遥接通电话说：“我马上就出来了。”

“路遥，有人在跟踪我。”

“你现在在哪儿？”路遥的声音立即紧张起来，说，“你快到跆拳道馆来。”

他的话还没说完，我眼前便被两堵人墙笼罩住，我一愣，站住脚步，抬起头便看见了两个身形健硕的人。我往后扭头，当时尾随我进入商场的两个人也走了出来。

他们四个手里都拿着家伙，硬碰硬的话我肯定会死得很难看。

“完了……”我对着手机慢慢地吐出这两个字，还没听到路遥的声音手机便被抢了过去。我望向跆拳道馆的方向，对他们道，“你们是刘昊找来的人吗？”

除了刘昊，我想不起来我得罪过谁。

可是对方根本就没有要回答我的意思，用铁棍子扼住我的喉咙，反擒我的双手要将我往停车场带去。我不敢硬性反抗，只偷偷瞥了眼商场外的摄像头，这么大的商场，摄像头一定都开着，所以，监控室里的工作人员一定会看见。

“喂，大哥们，你们告诉我嘛，反正我被你们押着也跑不掉对不对？”我故意跟他们套话拖延时间，可是刘昊请的人也太负责了吧？全程冷着脸一句话都不说。

快要抵达他们的车子时，我忽然听见了路遥在身后叫我的名字。

其中两人见状，挥着铁棍挡住了路遥，我扭头，看着路遥备战的姿势，怕他受伤，便道：“路遥，别乱来，我没事！”

路遥紧皱眉头，冲那二人道：“你们到底是什么人？”

对方没有答话，抓住我的那两个人其中有一人扶了扶耳朵，要将我往车里送。我挣扎着，猛然看见这几个人耳朵里都有蓝牙耳机，那么，此时此刻这个主谋一定就在这附近监视着这一切吧？

路遥一心想要救我，跟那两个人打了起来，抓住我的二人按住我的脑袋，将我往车里面塞。不知为何，我忽然想起十二岁那年，我也是被两个人劫持着狠狠地往车里塞去，心里的愤怒莫名其妙被燃烧起来，我用尽力气往后撞开，这时，车子身后忽然有另一辆车撞向后备厢，后备厢高高翘起，车壳瞬间塌陷。

紧接着，那辆撞车的红色马自达又开向我们，抓我的二人瞬间乱了步伐，不知该往哪儿闪躲。红色马自达没有要停下的意思，对准了四个壮汉开去，灵活地绕过我与路遥，追着他们撞。

路遥赶紧过来护着我，跟我一样诧异地看着那辆马自达。

四个人许是受了惊吓，以为遇上了个疯子，保命一样地逃开了。红色马自达停在路中间，驾驶座上一个模糊的身影慢慢地靠在座椅上，看着他们逃跑的方向。

忽然，马自达又启动引擎，车上的人扭头往我这边看了一眼，目光纵使清冷陌生，纵使时隔多年未见，我仍能认出车里那张熟悉的脸。

阔别八年，记忆仍旧清晰。

我的心像是被人抓了起来，身体不由地往前迈去，嘴里不安地念着。

“是……哥哥吗……”

第五章

心底的温暖

路遥方知语

【1】

“哥哥！”我大喊着追上去，可是车上的人似乎是不认识我般，径直地将车开走了。

看着红色的车身消失在转角，我心中一急，连忙追了上去。追出转角、追出小巷，一直追到看不见车子的影子。

我叹了口气，右手紧紧抓着自己的左手。为什么他不回答我呢？是我看错了吗？

“筱筱。”路遥快步跟了上来，望着眼前来往的车流，问我，“怎么样了？”

“明明是他的……我记得他的样子，我不会看错的。”我皱起眉头，视线在车流里不停地寻找，路遥安慰我道，“筱筱，你们八年未见了，说不定……说不定是看错了。”

“可他为什么又要救我呢？”我不解地看向路遥，他在我危险的关头救了我，如果不是哥哥，那又会是谁？

路遥无言以对，好一会儿他才说："如果真的是你哥哥，你们一定还会再见面的。"

该重逢的人，哪怕隔着千山万水、隔着漫长时光，也总会重逢。我一直这样相信并肯定，有一天，我也会与哥哥重逢。

到那天，我要告诉他，我想他，我跟着他的步伐成了最勇敢的人，我找到了他。

如今，遇见了一个和哥哥极其相似的人，我却不能肯定这个人到底是不是他。心中用坚强堆积起来的堡垒似乎开了一个小孔，有风呼呼地灌了进来。

路遥抓着我的胳膊，轻轻拍了拍，无声地安慰我。我站在路口，久久未语。

"喂，你在这儿？"身后有个女声忽然响起，我一扭头，看见是刚刚提醒我的红裙女人。

她看上去不过二十八九，身材曼妙、性感优雅，脸上施了浓艳的粉黛，却显得更加明艳动人。她身后跟着两个保安人员，看起来像找了我好一会儿。

"想了想还是决定管管闲事，于是叫了商场的保安。没想到你已经安全了。"她大方地笑着，眼眸明亮。

我反应过来，说："谢谢，我没事儿了。不过。"我看向她身后的两个保安，说，“你们要好好查查监控，将那四个人查出来报警，今天运气好没事儿，以后就说不准了。”

“会的会的。”保安连连点头。

“哟，这位小哥哥。”女人的注意力一下子从我身上转移到了路遥的身上，她走过去，微笑地望着他，道，“小哥哥气色真好，一定经常做保养吧？”

“倒是……不经常。”路遥嘿嘿一笑，盯着她的样子挪不开目光。

“怎么能不经常做保养呢？这保养可不仅仅是女人的事啊。”女人又凑近一点，伸出修长白皙的手指轻轻戳了戳路遥的脸蛋，路遥的脸瞬间涨红。她捂着嘴轻笑了几声，声音比黄莺还好听，她从包包里掏出一张名片，轻轻地划过路遥的腹部，将名片塞进他的裤子兜里，故意魅惑地说，“有空给我打电话呀，我免费给你做一次保养。”说着，她抬起头，用手指指指我，笑道，“和小女朋友一起来。”

说完，她便扭着婀娜的身体迈步走开。

路遥迫不及待地从兜里掏出名片，又拿到鼻子前嗅了嗅，感叹道：“她可真漂亮，连名片都是香的。”

我死鱼眼一样地盯着路遥，看着他一脸享受的样子，转过身愤愤地大步离开。

“喂喂，等等我。”路遥见我走了，连忙跟上来，“方语筱，走那么快干吗？”

“不要脸！变态！流氓！色狼！”我一连串地骂了四下，心里窝火。

“你干吗那么生气？我又没流氓你。”路遥盯着那张名片笑嘻嘻地说，“她叫靳蓉啊，是Dashing俊颜馆的老板娘，我说小女朋友，你说她那儿有没有什么特别服务呀？”

我抬起胳膊肘，对着路遥的鼻子就是一顿顶，路遥痛得连连后退，捂着鼻子蹲在了地上。

我缓缓地转身，看着一脸痛苦不堪的他，嫌恶地说：“真是狗改不了吃屎。”

说罢，我大步地走开，任凭路遥在身后哭爹喊娘。

五分钟后，我在公交车上看到路遥发了条朋友圈：

——再主动找你我就真的是狗！！！！！

五个强有力的感叹号体现了他的愤怒值，不过我不在意，因为他这是活该。这么想着，我在他的朋友圈下还点了个赞。

一下午，蓝小贝、马力接二连三地来问我是不是跟路遥闹了，我都没有理。

晚上，我坐在书桌旁，将两条腿高高地搭在桌子上，望着上面的照片思忖。虽然我有八年没有见过哥哥，他对这个世界展现的也是他已经逝世的一面，可我老觉得今天救我的那个男人就是哥哥。

没有什么确切的证据，直觉大过一切证据。

我正想着，蓝小贝忽然又发来一条微信语音：

——筱筱，咱们学校有个女生失踪了。

我疑惑，问其缘由，蓝小贝又说：

——据说昨天晚上就没有回宿舍，今天室友打电话发现电话关机了，直到现在都没有回来。找了所有她能认识的人，都不知道她在哪儿，现在已经失踪24小时了，室友报警了。

——你说是不是网上经常看到的那种女大学生失联，最后发现的时候要么死了，要么就被卖到山里去了？天，好可怕啊筱筱，我害怕。

我按下录音键，说：

——别怕，在学校里不会有事，要是出去，找庞阳陪你。

蓝小贝又弱弱地说：

——好吧。

我锁了手机，扔在桌上靠着椅子坐着，手指在牙齿上不停地滑动。近年来，失踪的女大学生案件屡见不鲜，网上的评论两极化严重，一边认为要严惩犯罪分子，一边认为现代女性的自我安全防患意识非常薄弱。

他们说的都没有什么错。

我揉了揉太阳穴，闭眼冥思。反正在家里没什么事情做，不如偷偷去调查这件案子。

这么想着，我就早早地爬上床去休息了。结果第二天六点，我就被震天的敲门声扰醒，爸爸在门外边敲门边喊："筱筱，快起来，学校来电话了，让你赶紧回去。"

“知道了……”我迷迷糊糊地答道，翻个身把被子抱成团，继续呼呼大睡。

模糊的意识里有一个声音在不停地旋转，催促着我快点起床，让我赶紧回学校。

赶紧回学校……

赶紧回学校！

我混沌般的脑海豁然通晓，猛然间从床上坐了起来，连忙拿起被我调成静音的手机，上面已经打来了好几通电话。

完了，又要被训了！

【2】

当我行色匆匆地赶回学校准备接受老张的唾沫横飞时，老张却慈祥地拉着我的双手，和蔼可亲地说：“筱筱，恭喜你呀。”

我心有不安地将手抽回来，问：“老张，是不是发生什么事儿了？您别这样，我怕。”

“是发生事儿了，不过是好事。”老张笑眯眯地在办公椅上坐下，说，“局里那边来我们学校挑选几个长得漂亮又优秀的学生补进精英训练营调查一起案子，我推荐了你，上面也通过了。”

我有些懵，指着自己的鼻子问：“老张，我现在确实清醒着，不是在做梦吧？”

“不是做梦啊。”老张正经地说。

“哦……”我缓了下神，没有意料中的兴奋，反而感觉有圈套似的问，“老张，什么案子啊？”

“哦，就是最近的女性失踪案。”老张说。

我白了他一眼，道：“所以其实是在学校选诱饵吧？”

“筱筱啊，你不能小看这个案子，这可是你翻身的好机会。”老张假装苦口婆心地说，但其实我知道，如果老张推荐不出优秀的人选，自己肯定也会被责罚。我摆了摆手，说，“行了，你别给我灌输这些，我没说不愿意。”

“那这么说你同意啦？”老张两眼放光。

我点点头，说：“同意啊，为什么不同意？我是警校学生，这是我该做的。”

“筱筱你可真识大体！”老张拍着马屁，说，“我这就给你们准备一下，你们可以立即启程了。”

“我们？”我指指自己，问，“还有谁？”

“还有杨梦繁。”老张头也不抬，开始打电话联系局里的人。

我点点头，如果是杨梦繁的话，到训练营后我们还能做个伴。

当天中午，老张、郭楠和小谢就将我跟杨梦繁送去了精英训练营。我和杨梦繁上车时，郭楠还趴在窗户边上深情款款地望着我们，不过，他的主要目标还是杨梦繁，只可惜杨梦繁始终冷冷清清的，一点都没有给予热情给郭楠。

车开出去后，我扭头对杨梦繁说：“郭楠那么喜欢你，你好歹回应一下呗。”

“浪费时间。”杨梦繁淡淡地说。

我扶额，真是个冰美人儿。当时开学，郭楠对杨梦繁一见钟情，也正是因为这个原因，郭楠才故意靠近我跟我成为好兄弟的，现在跟我都已经是铁打的关系了，可连杨梦繁的近身都没靠近一下。

我忽然有些心疼郭楠。

一个小时后，车子停在了训练营。训练营所处在秘密基地，离城市中心较为偏远。

我跟杨梦繁一进去就被训练营的人收了手机，什么都没来得及做，老大们就给我看了一场PPT。PPT上全是犯罪嫌疑人的头像，一共八个，六个男人两个女人。

PPT翻到最后一页的时候，我却看到了一张熟悉的脸。

那是最后一张照片上的人，浓眉深眼，五官立体，下巴上有些胡楂，右耳上戴了一只黑色的十字架耳钉。在他的照片下赫然写着三个大字：方宇维！

我手心一凉，浑身似被抽空了力气，眼睛直勾勾地盯着那张照片。后来教官们说了什么，我也都没有听进去。

路遥方知语

散场后，我追着带领我们的吴队长，问这些嫌疑人的名单从何得来，如何确定他们就是这次失踪女性案件后的罪嫌。

吴队长没有回答我的话，反而呵斥我问了不该问的东西。

杨梦繁拉住我，摇头示意我别再追问。

我心里放心不下，等拿回手机的时候，我躲在一边给路遥打了个电话，想找他帮忙。

"路遥，我确定上次开红色马自达的那个人就是我哥哥，你有空的话去找警校的郭楠帮我调一下商场的监控，我想得到那辆车的车牌号。"

路遥一边刷牙一边问我："你咋确定的？"

"我……"我看了看四周，小声说，"我现在在精英训练营，要配合警方调查你们学校那女生失踪的案件，我在投放犯罪嫌疑人的PPT上看到了我哥哥的名字，上面贴的照片就是我上次看到的人的样子，所以路遥，求求你了你一定得帮我。"

路遥吐掉口里的泡沫，口齿清晰地对我说："放心，我明天就去。"

"谢谢你路遥。"我在挂电话之前又想起了什么，说，"这次不是你主动找我，是我主动找的你，朋友圈的消息删了吧，太幼稚了。"

电话那边沉默了一会儿，然后传来路遥讨打的声音："我就不。"

我不由地一笑，故意严肃道："随便你了，挂了。"说完，我挂上电话，紧张兮兮地往宿舍里跑去。

我始终觉得苦尽会甘来，我在成功之前所遇到的一切困难都是为了让自己变得更加稳重，取得的成功更加稳定。

可我万万没想到，老天赐给我的困难也太多了。

第二天早上本该晨练的，可是吴队长忽然把我叫到一边，皱着眉头问我："方语筱？"

"啊……"我反应过来，说，"我、我是方语筱啊。"

吴队长问："方宇维是你什么人？"

我一愣，随即缓缓低下头，两只手交缠在一起。

"我问你话呢。"吴队长加重了语气，我的心脏扑通扑通地不安地跳动起来。

"撒谎可是罪加一等。"吴队长又说。

我的头低得更深，声音细小如蚊，我说："是我哥哥……"

吴队长说："犯罪嫌疑人是你哥哥？方语筱，你收拾东西离开这里吧，这件案子不需要你了。"

我急了，连忙道："队长我求求你让我留下吧，我是他妹妹，一定会更容易着手这件案子。我哥哥他之前也是一名优秀的警察，这其中一定有什么误会！"

"人民警察不会允许罪嫌的家属来插手有关案件的，回去吧。"吴队长拔高声音，里面的驱逐意味不容无视。

我因紧张提起来的气忽然间松开，大口大口地喘着，看着吴队长走得那么决绝，我一扭头，硬是憋着眼里的眼泪不敢让它落下。

我现在该怎么办？我一点办法都没有了。

这件事情吴队长是怎么知道的？我只告诉了路遥，除了他任何人都不知道。这到底是怎么回事？

我抓着自己的头发，无助地蹲了下去。

【3】

我终究没能待在训练营。

在宿舍收拾东西的时候，杨梦繁在旁边安慰我。先于我们进来的花潇靠在一边，语气不善地说：“真没用，刚进来一天不到就被赶了回去，丢咱们学校的脸。”

“你闭嘴。”杨梦繁冷言道。

花潇不服，说：“凭什么闭嘴？她哥哥是犯罪嫌疑人，这么肮脏的事情，凭什么……”

我一扭头，目光凛冽地投向花潇，花潇下意识地捂住嘴，连站着的姿势都变得端端正正的了。杨梦繁疑惑地望向我，问：“筱筱，你哥哥是犯罪嫌疑人？”

“是啊，照片上的确有他。”我回答着杨梦繁，眼神却在花潇身上没有挪开半分。我一步一步地走向花潇，逼近她，花潇躲闪着我的目光，退到了墙角。

“你是怎么知道我哥哥是罪嫌的？”我的声音毫无温度，这件事情吴队长刚刚才跟我说起，不可能传得这么快。杨梦繁都不知道，她是怎么知道的？

花潇用双手挡着自己的脸，方才的嚣张劲儿顿时全无。

“昨天晚上你偷听到了我的电话，转而告诉了吴队长？”我歪着头，面色铁青地盯着花潇。

花潇被我逼得无路可退，豁出去一般抬起头嚷道：“是我怎么样？我只是说出实情，你这个犯罪嫌疑人的亲属凭什么待在这里！”

我拧眉，咬着嘴唇挥起就是一巴掌。

花潇尖叫一声，立即伸手挡住自己的脸，我那一巴掌没有落下去，停在了空中，掌风微微撩起花潇的头发。

我收回手，说：“你这种人不值得我动手，花潇，总有一天我会让你跪在我面前说你错了，求着让我原谅你。”说完，我提着自己的行李，大大方方地离开了宿舍。

我没管最后花潇又做了什么，杨梦繁跟我说，我走后，花潇又盛气凌人地数落我和哥哥的不是，言辞不堪。

杨梦繁还说，筱筱，我相信你。

有我觉得重要的人相信就好了，别人无所谓。

以前我刚来到警校的时候，只有老张一个人知道方宇维是我哥哥的事情，现在因为花潇，不仅精英训练营的人知道了，我们整个学校的人都知道了。

于是，每每我走在路上，那些不认识的人就爱对我指指点点。

我用脚趾头都知道他们在说什么，我没有冲上去与他们对峙。老张和郭楠都说，身正不怕影子斜，无惧流言蜚语才算真正的稳重。

周五的时候，我去理工大学找路遥他们。食堂里，路遥点了一桌子的菜请我们吃饭。

“不好意思，又让你破费了。”我看着路遥，抱歉地说。

“无所谓，杨富二代付钱。”路遥指指杨一飞，杨一飞冲我灿烂地笑着。他说完后，又坐到我旁边，划开手机相册给我看了一张照片，上面是监控的截图，马自达上的车牌还看得清清楚楚。

“发给我。”我说。

路遥通过微信将图片发给我，我保存在了手机里。

“你们两个，吃饭就好好吃饭，别玩手机了。”蓝小贝坐在对面冲我不满地抱怨，我将手机放回兜里，拿起筷子开始吃饭。

杨一飞一边吃一边问我：“筱筱姐，你说你进个训练营咋那么坎坷，你告诉我，我让我爸帮你。”

“你爸再厉害，拧得过市长吗？”我抬眼问。

杨一飞立马闭嘴。倒是经常不爱说话的马力忽然道：“我觉得那个精英训练营不适合筱筱待，只有在里面才能追查案子吗？为了这玩意儿，筱筱遇到了这么多困难，咱们又不是没看在眼里。”

众人一阵沉默，我缓和气氛，笑道："这点儿困难不算什么，要成为优秀的警察不经历点磨难怎么行呢。"

饭桌上的气氛怪怪的，杨一飞和庞阳都若有所思地看着马力，又看看路遥，两个人都不敢吱一声儿，我疑惑地望着蓝小贝，她对我耸耸肩，示意我别管那么多。

吃完饭后，路遥他们都回宿舍了，蓝小贝留下来陪我。等他们走远时，蓝小贝从包包里掏出一个平安符递给我，说："拿着。"

"这是啥？"我拎起来看了看，觉得这不是蓝小贝的风格。

蓝小贝神秘地说："马力托我送给你的。"

"马力？"我更纳闷了。

蓝小贝说："是呀，他说是他亲自去求的，能保你平安。"

我咽了咽口水，问："他不会喜欢我吧……"

女人都是感性的，谁对自己好、谁怀着不一样的心思，一下子就能感觉出来。

蓝小贝咳了咳，道："心里知道就好了。"

"你们都知道啊？"看着蓝小贝的反应和想到刚才在食堂大家的反应，我忽然恍悟可能自己是最后一个知道的。

蓝小贝老气横秋地往前走了一步扭头看着我，说："路遥支持你去精英训练营，觉得你受这么多委屈啊困难的，对你未来有好处，他说你要成为一个人民警察，光靠勇气和正义感是完全不够的，还需要审时度势、聪明的头脑和广泛的人脉。但是马力不这么认为，马力觉得你的付出和收获没有成正比，不值得为之付出，在这个世界上成功的路有很多条，你没必要只选择这一条。两个人意见不合，昨天晚上差点儿吵起来。”

“太狗血了吧。”我皱皱眉，怎么感觉自己是宫廷剧里的傻白甜女主，红颜祸水般地引起两个皇子为我针锋相对？我浑身打了个哆嗦，看着手里的平安符，我觉得自己有必要亲自对马力说清楚。

蓝小贝挑眉看我一眼，问：“我的筱，你舍谁要谁？”

“要你妹。”我瞪了她一眼，转身就走。

蓝小贝在我身后嚣张地笑着，我没有理她。

到了下午放学的时间，我打电话约马力在理工大学外面的咖啡厅见面，我要跟他说清楚。

傍晚时候，夕阳没过对面的建筑，只有余晖透过玻璃窗打在我的脸上。马力穿着一件简单的T恤，披了件黑色外套走过来，有些不自然地在我面前坐下。

“马力。”我热情地往前一倾，指指桌上的点单，说，“想喝什么？我请客。”

“呃我……”马力没有看单子，说，“一杯蓝山吧。”

我抬头对服务生道：“两杯蓝山，谢谢。”

然后，我看着如坐针毡的马力，笑着说：“你干吗这么紧张？大家都是这么熟的朋友了。”

“我……”马力脸一红，挠挠头说，“这是第一次有女孩子约我出来，所以我……”

我笑出了声，大大方方地说：“没想到你这么可爱啊。对了，这次请你喝咖啡是为了谢谢你这个的。”我将平安符放在桌上摊开，说，“贝贝说这是你专门为我求的平安符，我觉得意义这么重大，我一定得好好地感谢你。”

“筱筱你不用客气，你刚刚不是都说了吗？咱们是这么熟的朋友了。”马力连忙说。

我笑眯眯地点点头，道：“嗯！所以咱们是好朋友的话，你就不要这么拘谨啦。你们大家都挺帮我的忙，我很感谢你们。”

马力看着我这么元气，脸上终于露出了笑脸，说：“筱筱，你真容易满足。挺好的。”

我说：“人野心大会很累的，我就没有什么目标，除了找到哥哥。其实我挺开心遇到你们的，你、路遥、杨一飞、庞阳，个个都讲义气，对朋友诚心以待。你们的关系也那么的好，不像我，咱们一个宿舍分成两派，一点儿都不团结。”

马力垂下眼帘，握着咖啡杯把手的手指轻轻点了点，说：“筱筱，你是知道我跟路遥吵过架吧。”

“知道啊。”我撑着脸颊，无所谓道，“可又有什么关系？男生发生矛盾了打一架又会和好。”

马力沉默不语，他望着咖啡杯里浓厚的颜色，眼神定格住。

【4】

许久后，马力抬起头，脸上露出难得的微笑，说：“筱筱，我听你的。谢谢你请我喝咖啡。”

他的笑容就像是在告诉我，筱筱，你说的话我都懂，表层的意思、里面的意思，我都懂，你拿我只是当朋友对待，你希望我不要跟路遥有隔夜仇。这些我都懂，所以你不用解释得太过清楚。

我看着他，笑：“不客气。”

然后，我们俩继续喝咖啡，彼此十分默契地没有再提这些事情。马力跟我讲他们四个是怎么认识的，说开学的第一天，杨一飞和路遥两个比较外向的男生一拍即合，嚷着要去吃好吃的交个兄弟，大家得知杨一飞是富二代之后，一晚上就狠狠地宰了他将近一万块钱，杨一飞眼皮都不眨一下，颇为豪爽。

马力和路遥是高中时候的校友，所以两个人关系更熟一些。班上如果有霸道的学渣欺负马力，路遥铁定会帮忙，但是路遥也是这些霸道的“学渣”之一，常常“威逼”马力帮他喊到、只要不想做作业就把马力的电脑搬过来抄。

“真不要脸。”听着马力讲以前的事情，我目光微微一斜，不由地骂着路遥。

马力笑了笑，说：“路遥不是不会做，只是懒。”

“不光懒，还好色。”我补充道，转而又问，“对了，最近路遥有没有什么反常的踪迹？还有没有在你们面前提起过谁？”

“反常的踪迹啊……”马力挠着下巴想了想，道，“好像还真有，最近他跟杨一飞走得近，每次跟杨一飞回来的时候都说什么‘好舒服’、‘好舒畅’、‘全都是美女’之类的。”

我越听越窝火，不等马力说完，我猛地一拍桌子，咬牙道：“真是太卑鄙了！”

桌上的咖啡杯差点儿翻倒，马力吓了一跳，问：“怎、怎么了？”

“没什么！”我没好气地撑着脑袋，将头扭向窗外，愤愤地想着那个臭不要脸的在Dashing俊颜馆是如何逍遥快活的。想着想着，我就纳闷儿了，我为什么要管他？他生活甘愿糜乱，与我何干？

马力试探性地问我：“筱筱，你没事儿吧？”

“没事儿。”我郁闷地说。

马力没有再问，他也不知该如何问，因为连我自己都不知道如何答。

心里乱乱的，不舒服，该如何是好。

我的手指轻轻地点在桌面上，若有所思地望着窗外。

忽然，一个熟悉的身影出现在我的视线，他戴着口罩，穿着一身黑色的运动服，走路时东张西望、小心翼翼。

我一愣，那不是上次在红色马自达上救我的人吗？是哥哥……

我屏住呼吸，双手不由地抓紧桌面。看着他走近一家酒店，我连忙掏出咖啡的钱放在桌上，对马力说："对不起啊马力，我有事得先走，你先回去吧。"

然后，我不等马力说话，匆匆地拿起包包往楼下奔去。进酒店前，我将手机铃声关掉，来到前台问："你好，请问有一个穿着黑色运动服、右耳戴着耳钉的男人进来没？我是他妹妹，他工作用的手机忘了带。"我对着前台晃了晃自己手里的手机。

前台小姐微笑着说："见过，那位先生是来找朋友的，往电梯那边去了。"她做指引的方向给我看。

"噢……那你知道是几楼吗？"我问。

前台小姐帮我看了一下，说："12楼。"

"谢谢！"我道了谢之后连忙往电梯那边走去，等电梯的时候我总感觉心里堵得慌，似是有什么事要发生一般。我警惕地撇头，忽然看到了半掩的楼梯门。

我想了会儿，转身轻手轻脚地走进楼梯里。如我所想，这里面没有摄像头，如果哥哥真的要来这里见什么人并且避免此人的住店信息泄露，一定会想方设法绕过监控来到楼道里。

我伸出手握着扶手，一步一步慢慢地往上面走去。走到八楼的时候，忽然听见有人说话的声音，声音太小，我听不真切。

为了更近一点看清说话之人，我又往上走了几步。八楼楼梯上，戴着口罩的哥哥和另一个背对着我的男人正在交谈，我皱起眉头，手也不由地抓紧了扶手。

忽然，放在我口袋里的手机震动了起来，哥哥的目光迅速地下移并发现了我。我一惊，正不知如何是好时，身后一个人拽着我的胳膊将我拉进酒店客房过道，躲进了一间无人入住的房间。

我惊魂未定，待到拉我之人松了力，我抬头一看，是马力。

他做了个噤声的动作，我抿着唇，听着门外的动静。

过了好几分钟，门外都没有什么动静。马力先谨慎地开门出去瞧了瞧，然后在门外叫我："筱筱，出来吧。"

我抱着怀里的包包，慢慢地走了出去。看着空无一人的过道，我抬头对马力说："谢谢啊。"

马力摇了摇头，说："太危险了，下次一定要注意。"

我点点头，然后未语。马力看了看手表，说："我还是先送你回去吧，这里不宜久留。"

"好。"我说。

我随着马力离开了这层楼，那时的我浑然不知在楼梯口的门后正躲着一个人，以熟悉的目光护送着我离去。

马力将我安全送到小区楼下才走的。

等他走后，我掏出手机，看到刚刚打来电话的是妈妈，我给她回了一个电话，说我马上回家，已经到了小区楼下了。

回到家吃完饭后，我给杨梦繁打了个电话了解失踪案的进度，杨梦繁没有直接回应我，反而驴唇不对马嘴地说："筱筱，你别拐着弯儿跟我打听刘昊的事情了啊，人家现在被当作特邀学员送到了组里，来去可自由呢，你斗不过人家的，好好在家里待着，反省反省自己哪里错了吧。"

我纳闷地皱起眉头，这个杨梦繁，到底在说些什么？

我刚想询问，忽然间意识到了一个问题，话锋一转道："算了，懒得跟你讲，还朋友呢，有这么数落人的吗？"

然后，我将电话挂上，握在手里。

他们的电话被监听了？不对，应该不只是电话被监听。我捏着下巴，做思考状想着，杨梦繁这一类的女学生是用来当诱饵的，不仅是电话被监听，恐怕自身的行踪也会被监视，这样才能准确得知作案人的位置。

不过，这些已经不重要了，因为杨梦繁已经给我传递了一个非常重要的消息。

我拿起手机，打开四个小矮人和两个白雪公主的微信群，发微信道：

——兄弟们，从今天开始给我留意一下我那伟大的刘昊学长。

在所有人都回答收到后，杨一飞忽然冒出一句：

——你别说筱筱姐，我有次在Dashing俊颜馆看到过他。

我收到信息，立马回：

——富二代、臭流氓，明天下午六点整Dashing俊颜馆见。

杨一飞说：

——得令！

路遥反问：

——谁臭流氓了？

蓝小贝笑话他：

——对号入座了吧，哈哈哈！

然后，她丢给了他无尽的黄子韬表情包。

我没有再参与后面的聊天。将手机的照片划出来，找到刘昊的照片后将手机正放在桌上，我慢慢靠在椅子上，伸出手做手枪状对着刘昊的照片就是一枪。

我吹了吹食指指尖，冷笑一声，道：“亲爱的学长，看来，我们又得见面了。”

【5】

第二天下午六点，当我和杨一飞、路遥站在Dashing俊颜馆里的时候，想要了解客户情况的请求却被上次的红裙女人靳蓉给拒绝了。

“好姐姐，求求你了嘛，人家跟路遥可是你的老顾客了。”杨一飞厚着脸皮坐过去，晃着靳蓉的胳膊不停地撒娇。

靳蓉仍旧优雅地坐着，眼皮都不抬一下，说：“人家刘昊及他一大家子都是我的老顾客呢。”

路遥方知语

“哎呀，好姐姐，求求你啦。”杨一飞干脆无赖地靠在靳蓉的肩上，我微微扭头对旁边的路遥轻声道，“比你还不要脸。”

路遥面无表情的，一句话也没有，但我的胳膊却清晰地感觉到被路遥狠狠掐了一把。

“嘶——”我疼地躲开，狠狠地瞪着路遥，路遥的眼皮上翻，一副事不关己的样子。

对面的靳蓉看着我，忽然笑着开口：“别人当然是动不了我的客户资料，可是如果是我的员工的话，就不一定了。”她微微抬头，笑起来的时候娇俏可人。

我一听，连忙站起来，问：“请问——你们家……还招人吗？”

靳蓉被我逗得笑了起来，意味深长地说：“真是又可爱又聪明，我们家还缺服务员，接待客人，客人在享受服务时你需要做好前期准备、端茶送水、打扫每间屋子、熟悉每项服务，有点辛苦。”

“我不怕辛苦。”我坚定地说。

靳蓉站起来，收敛了笑容，认真地说：“来我们这里几乎都是有头有脸的人物，不管黑道白道。所以，你得好好隐藏你的身份。”

我一愣，随即木讷地点头。

她如何知道我是有特殊身份的？

正在发愣之际，路遥忽然站起来问：“蓉姐，你们这里还缺什么男人的岗位吗？我课少，做个兼职什么的。”

“你大一哪儿课少了？”我用胳膊肘捅了一下路遥。

路遥看我一眼，说：“你管我，我愿意课少就课少。”

靳蓉懒懒地看了一眼路遥，又看了看我，说：“楼下缺个代客泊车的，做吗？”

“做！我去年就拿到驾照了，可会开车了。”路遥说。

靳蓉笑了一声，说：“你们俩跟我来吧，带你们去人事部。”

去了人事部，将一切手续办理好，靳蓉让我们周一开始来上班，看在我俩还是学生的份儿上，她不要求我们在固定时间来上班，但是每周的上班时间必须满28个小时。

每天平均4个小时的班，还包括双休的周末，对我们来说是绰绰有余的了，没什么困难。

回去的车上，我语气不好地问路遥：“你为什么要来凑热闹？”

“我开心，你管得着吗？”路遥的语气跟我一样臭。

我白了他一眼，尖酸刻薄地讽刺：“是的咯，反正这地方到处都是美女，人家老板娘还是个大大大超级大美女，有些人不知道得乐呵成什么样子呢。”

“呵，听你这话，你还真拿我当臭流氓对待了？”路遥揣着手，不爽地看着我。

我一撇嘴，说：“哟，搞得像你多正经似的，你难道不是吗？”

“行，我就是为了美女，像你这种清汤寡水哪里比得上人家那种风韵风骚风情万种？歇菜吧你！”路遥鄙视我道。

什么玩意儿？我清汤寡水！我可是警花！警花啊！

我气得鼻孔里快要喷出怒火了！这个不要脸的家伙！

“你变态！”我冲路遥吼着，路遥毫不服输地回应我，“就是变态，咋地？”

“你咋这么不要脸！”我气急败坏起来。

“哎呀。”路遥没皮没脸地说，“方语筱同志，你这么在乎这么介意这么生气，你该不会吃醋了吧？天呐，你不会喜欢上大爷我了吧？哎哟喂，我可承受不来。”

“你！”我恼羞成怒，抓住车顶扶手，对着路遥大腿就是一脚。路遥躲也似的搓着被踹疼的地方，指着我道，“方语筱！你神经病啊！”

“你才神经病！”我扭过身，靠近车门挤着，不想理他。

“什么人啊，踹了我还自己生气。”路遥没好气地拍着开车的杨一飞的肩膀，说，“停车！我去副驾驶座坐！”

一直看着我们吵架的杨一飞为难地说：“哥，快别闹……这里没办法停车。”

我白了路遥一眼，扭头看向窗外。路遥气哼哼地瞪了我一眼，挨着车门坐着，我俩之间的距离还能妥当地挤上两个人。

于是，接下来的时间里，气氛冻至冰点，杨一飞想缓和都觉得尴尬无比，只好放弃。

后来我想了无数次，我为什么会跟路遥莫名其妙地吵起来。我想啊想，都没想到一个所以然来。直到某一天的晚上，城市的灯火与夜空的星辰交织为一片绚丽的景象，他的眉眼在灯火与夜色下忽明忽暗，眼神里不似平日的清澈，反之覆上了一层薄薄的忧愁。

那个时候我才明白，我们为什么会因为这么一件小事儿争吵。

周一放学之后我就去了Dashing上班，慢慢地学习里面的基本知识。我一晚上就记住了需要记住的东西，等到十点整下班时，我看到路遥将一辆车从车库里开出来，送走了最后一位客人。

“下班了啊。”客人驱车离开，路遥远远地看着我，略有不情愿地打着招呼。

我走过去，扯着嘴皮笑道：“真是可怜啊，代客泊车的话就没办法接触那些风韵风骚风情万种的姑娘了。”

“方语筱你这嘴巴咋那么损啊？”路遥皱起眉头说。

本来就是事实，还不让人说了？我无视他的话，扭身往学校走去。

走了一道，我发现路遥也在身后，我问：“干吗跟着我，顺路吗？”

“路这么大，谁跟着你了？只能你走，不能我走？”路遥嘴硬道。

“那你就跟着吧，懒得理你。”我扒着下眼皮往下拉，做了个鬼脸，然后继续赶路。

一路上，我没说话，他也没说话，我没打车，他也没打车。

路遥方知语

望着马路两边热闹的人群和橱窗里闪烁的灯光，我嘴角慢慢扬起一丝微笑。

那天晚上，我回到学校后偷偷地躲在门卫室那里往外看着路遥。路遥站在校门口，往里张望了一眼，然后有些迷茫地摸摸后脑勺。

他站了好几分钟，最后，才缓慢地转身，往回走去。

昏黄的路灯送着他的背影离开，越来越模糊，直到看不见。

我心里微微一动，扶着墙壁的手慢慢地滑了下来。

“真是个嘴硬的笨蛋。”我轻声地骂了一句。

心里有些温暖，不知是否有关风月。

第六章

温柔是个好东西

路遥方知语

【1】

在Dashing俊颜馆工作到周四的时候，我可以开始接触客户资料了。在资料室里工作的女性会打电话通知客户什么时候过来做SPA，那声音软绵绵娇嫩嫩的，我浑身不由地起了鸡皮疙瘩。

我在资料室里翻着客户资料，扭头对身旁找资料的小姑娘问："喂，美女，刘昊是咱们这里的常客吗？"

"刘昊？"小姑娘念着这个名字，左顾右盼了一会儿，凑近来问，"你是说刘市长的儿子吗？"

"嗯，是那个刘昊。"我点头说。

小姑娘一听，脸上顿时洋溢着崇拜的目光，说："他哪里是常客呀，他简直是SVIP啊。说起刘昊，真是又帅又迷人，只可惜只有那些做SPA的姐姐们才能接触到他。"

看着她那惋惜的小表情，我脸上有淡淡的嫌弃。我又问："别犯花痴了，靳蓉姐让我找找刘昊的资料，我才来没几天，找不到，在哪儿？”

小姑娘十分热情地指着一个箱柜，道：“喏，这里面，自己找吧，我还要去忙其他的事。”她朝我挥挥手里的客户资料，笑着说。

我点点头：“去忙吧。”

等她走后，我打开她所指的柜子，翻找了一会儿终于找到了刘昊的资料。我粗略看了一下，他每个周五都会来这里做养生。

“周五的话……那不就是明天？”我咬着拇指，细细思索着。

忽而，我脑海灵光乍现，连忙将资料塞进箱柜里。走出去后我刚想跟上司兰兰说一声提前下班，谁料她忽然叫住我，道：“来，筱筱，你送一下肖老板，我们这里忙不过来啦。”

“哦，好。”我接着话，走过去把肖老板的鞋子从柜子里拿出来放在沙发边，恭敬地说，“肖老板，这边请换鞋。”

肖老板挺着大大的啤酒肚，慢悠悠地走过去在沙发上坐下。他抬起狭小的眼皮子看着我，一动也不动。我心有所会，蹲下身去帮肖老板脱下一次性拖鞋，换上自己的皮鞋。

“这新来的小姑娘比以前的漂亮多了呀。”肖老板看了我一眼，油腻地说。

我站起来，不动声色地微笑服务：“谢谢老板夸奖，这边请。”我帮他按下电梯楼层，和另一个服务员一起带着他下去。

走到楼下，肖老板自然地微微搂着我的腰，凑近一点说：“下次我过来，你服务我呀。”

我笑道：“肖老板能来是本店的荣幸，下次过来叫我就好了。”

“好，下次见了。”肖老板下流地在我腰上抓了几把，猥琐着笑了起来，油腻地说。

忽然，一辆黑色的轿车猛地开到肖老板面前，肖老板一怔，刚要发火时却看见是自己的车。

一身西装、戴着白手套的路遥从驾驶座里走出来，身体挺得笔直地将钥匙递给肖老板，微笑道：“肖老板的车真是像极了主人，各方面都十分优秀。欢迎下次光临，肖老板，一路顺风。”

肖老板反应过来，乐呵呵地接过钥匙，连说了几声好。

看着肖老板钻进轿车，驱车离开。路遥扭头看着穿着紧身制服的我，拧眉道：“换衣服，下班了。”

“行，那你等我吧。”说着，我回到楼上去换衣服。

几分钟后下楼，路遥仍旧笔直地站在那里，只是已经换好了自己的休闲装。

我走过去，跟他一起往学校走去，说：“我查到刘昊的资料了，他明天就会过来做养生。你明天叫上马力他们三个，还有蓝小贝，我要套出一些失踪案的细节。”

“嗯。”路遥淡淡地回答我。

我看向他，问：“你怎么了？摆着一张谁都欠你五百万的臭脸。”

“没什么。”路遥应道，语气里多了分不爽。

我心比较大，脑海一直想着刘昊的事情，便没有顾及路遥当时的小情绪。于是，我在一边滔滔不绝地讲着明天中午大家碰个面，商讨一下如何套刘昊的话，路遥沉默地走在旁边，气压愈来愈低，眸中也弥漫着不知名的悲伤。

“到地方了，你回你学校，我回我学校吧。”路遥忽然打断我的话，我一怔，发现来到了一条分岔路口。我看看路遥，他面无表情，我没问他为何忽然不送我回去了，我也不便问。

我指指学校的方向，说：“那我走了？”

路遥默然地点点头。

于是，我转身就走。

走了几步，我忽然听见身后一阵阵沉重的鼻息声，我扭头，看见路遥站在路边怀揣双手，如孩童闹别扭般，表情无比凝重。他的胸口起伏颇大，像是在压抑着什么。

我想了想，走过去，试探性地问：“路遥，你没事儿吧？”

“没事儿，心脏病复发而已。”路遥语气不好地说。

我感受到了路遥周身的低气压，小心翼翼地说：“没听你说过你有心脏病啊……”

“怎么没有？”路遥盯着我，愠怒地说，“现在开始就有了，心慌心痒心绞痛！”

我呆呆地看着他发泄着脾气，心里明了，微笑道：“是因为我吗？”

“谁因为你了！你爱穿多性感就穿多性感，爱被谁揩油就被谁揩油！我怎么可能介意怎么可能吃醋怎么可能生气啊！”路遥一咕噜乱倒，将自己的心里话不留神地全部说了出来。

我憋了半晌，还是笑出了声。

路人扭头投来诧异的目光，路遥没好气地凶我：“你笑什么笑！”

我紧紧咬着下嘴唇，满眼笑意地对他摇了摇头，说：“路遥，你好可爱，特别可爱。”

“你别嬉皮笑脸的，可爱是形容女孩子的。我堂堂一个男子汉……”我没等他将话说完，忽然微微踮脚，双臂搂住他的脖子，将引以为傲的胸部贴上他的胸膛，在他的脸上狠狠地亲了一口。

时间仿若就此凝滞。路遥瞪着双眼看着我，脸上的表情不可置信。我歪着脑袋装作天真无邪地看着他，他嘴角微微一抽，有鲜血从鼻孔里慢慢淌出，流过嘴角，他也未曾惊觉。

我笑着拍拍他的脸蛋，说：“晚上做个好梦哟，再见。”

然后，我转身轻快地逃离了“犯罪现场”。

对，就是这天晚上。在没有及时地发现路遥眸光中的悲伤后，我用自己的方式对他“致了歉”。

我明白了我们因何吵架、为何吵架，因为我们在意对方大于在意自己，一个风吹草动就足以牵动我们的每根神经。

第二天一大早，杨一飞就发微信问我：

——筱筱姐，昨晚发生了什么事吗？路遥哥回来坐在椅子上睁着眼睛挨到天亮了。嘴巴一周全糊着血，是不是被打了？

我一边刷牙一边回复：

——没什么，幸福的血。

然后，任凭杨一飞如何追根究底，我都没有再回复他。

不过，路遥这个看起来又流氓又变态的家伙，没想到被人亲一下脸就会流鼻血。真是一件奇怪的事，我以后可以拿这件事笑话他一辈子了。

想到这里，我对着厕所里的蹲便器吐了一口牙膏泡沫，忍不住嚣张地笑了起来。

【2】

当天晚上，我们五个人偷偷潜伏在Dashing俊颜馆，分工明确。

杨一飞扮作VIP客户包揽了所有费用在俊颜馆享用至上的服务，实则在与楼下泊车的路遥联系。因为我们上班期间不能用手机，如果刘昊来了，路遥可以告知给杨一飞，杨一飞告诉我。

而蓝小贝，是我请来的重量级嘉宾——负责诱惑刘昊。

蓝小贝这人没什么本事，就是长得我见犹怜、看起来特好欺负。

“筱筱，‘台湾风情’的客人让你送壶铁观音去。”带我的兰兰从过道那边走过来，远远地喊着我。

“知道了。”我熟练地泡好茶，端着茶往“台湾风情”走去。开门后，趴在床上的杨一飞给我比了个OK的手势，我将茶壶放下，并倒了一杯水，说：“先生慢用。”

然后，我走到前台，故意埋着头登记杨一飞的服务价格。这时，头顶忽然传来一个熟悉的声音，紧接着，身边的女生一窝蜂地拥了上去，把对方像个菩萨一样供了起来。

我抬头望去，是刘昊没错，他现在脸上带着的温和的微笑在我看来虚伪无比。

从谈话中，我知道了刘昊的房间是“雪山红莲”。

等刘昊走后，我找借口去了杨一飞的房间，过道上，我与打扮成服务员的蓝小贝擦肩而过，细声说了一句：“‘雪山红莲’。”然后，我打开杨一飞房间的门，看着早就混进里面的马力支起了电脑。

他一边打开程序一边说：“全彩360°高清画面，我就不信这算不上证据。”我看着马力在键盘上“啪啪”地敲了几下，电脑屏幕立即显示了“雪山红莲”房间里的监控景象。

“你也太厉害了吧……”我不由地对马力竖起大拇指，杨一飞拍了拍马力的肩膀，说，“这对老马来说小菜一碟。”

我盯着屏幕，看着蓝小贝进了刘昊的房间。

本来该给刘昊做按摩的是另一个人，不过这个人已经被杨一飞的钱给收买了。

房间里，蓝小贝像个可怜的绵羊一样对刘昊说："先生您好，今天万姐姐身体不舒服，所以让我来为您服务，我是万姐姐的徒弟小蓝，有什么做得不够好的地方，希望先生体谅一下。"

刘昊偏过头，看着蓝小贝可爱又可怜的模样，享受地笑道："嗬，美人儿啊，尽管来，别怕。"

蓝小贝谨记我的话，含蓄地点点头，然后迈开双腿坐在了刘昊的腰上。刘昊有些意外，故作矜持地说："哎哟，小蓝啊，你这样让我……啧！太舒服了。"

蓝小贝笑而不语，纤纤细手轻抚着刘昊的后背，刘昊满足地直点头。

"这要是被胖样儿知道了，不揍死他。"杨一飞在旁边恶狠狠地说。

我微微扭头，望向隔壁房间，庞阳正在那里面享受SPA，因为等一会儿他要跟我一起打一场硬仗。

监控里，刘昊翻转了过来，躺在床上。他指指自己的腰身，让蓝小贝骑上去帮他按摩双腿。蓝小贝多有不愿，刘昊在她耳边轻轻呵气，挠得她耳蜗痒痒的。

我眉头紧紧皱了起来。

蓝小贝一咬牙，听从了刘昊的话，背对着他骑在他身上，帮他按摩大腿，刘昊因蓝小贝的动作而露出享受且猥琐的笑。

我咬着牙齿，心底渐渐涌起了怒火。

马力拧眉，将监控画面放大，跟杨一飞一同骂了声："禽兽！"

我一看，刘昊那个禽兽竟然起了生理反应！

“这个变态！”我啐了一口，转身要去解救蓝小贝。马力一把抓住我，道：“筱筱，得等一下。”

“什么等一下，蓝小贝都要哭了。”我指着监控画面说道。

这时，监控上的刘昊忽然坐了起来，蓝小贝受到惊吓，尖叫了起来。刘昊连忙抱住她，咸猪手企图占便宜。

“该死！”我甩开马力的手，愤然地出去敲开庞阳的门，门从里面打开，我不顾里面的两个工作人员，冲庞阳喊道：“胖样儿，给我起来！”

庞阳一边穿衣服一边往门外走，对两个工作人员赔笑道：“嘿嘿，我表姐、表姐方语筱。”

我拽着庞阳的胳膊往“雪山红莲”走去，将门推开，我反锁上，里屋登时传来一声清脆的巴掌声，然后是刘昊的怒吼。

我快步走过去，看见蓝小贝抱着自己退到了一边，刘昊坐在床上，左边脸颊通红。

“刘昊学长？”我走过去，露出职业性的微笑，“我同事哪儿做得不好吗？”

蓝小贝见我过来了，连忙跑过来躲在我背后。

刘昊见是我，诧异地问：“方语筱，你怎么在这里？”

“我为什么不能在这里？”我收敛笑容，严肃地盯着他，道，“胖样儿，出来！揍死他！”

庞阳从我身后缓步走出来，刘昊一见他的大块头，立即往后一仰，道，“你们要干什么！”

庞阳走过去，扯下刘昊围在腰上的浴巾，刘昊迅速捂住下身，失去了还手的机会。庞阳一记重拳打在刘昊的脸上，将刘昊打趴在床上，然后脱下自己的衣服把刘昊的双手绑住，又将双腿牢牢系住。

“你们到底想做什么！”刘昊被绑住手脚，动弹不得，只能仰着脑袋瞪着铜铃似的眼睛看着我们。半晌，他脖子许是酸了，干脆趴下去，威胁我道，“方语筱，你不想混了是吧？”

“我看不想混的是你吧？上次拿你没证据，这次你做养生SPA对女员工性骚扰，我可是有证据的。”我走过去，坐在刘昊的旁边，用手背拍了拍他的后背。

刘昊偏过脑袋，望向我这边，道：“方语筱，你是故意给我下套是吧？你……”

“是又怎么样？学长，你要是不想这些证据传出去，坏了你的名声，你就乖乖地配合我做一件事。”我笑着俯下身，在他面前轻声说道。

刘昊咬牙道：“士可杀不可辱！”

“好，那我就辱你吧。”我打了个响指，“胖样儿！”

庞阳得令，从拖鞋里面抽出一根鹅毛，抓住刘昊的腿就往脚心上挠。刘昊痒得笑个不停，眼角很快被泪水沾湿。

作为警校的风云人物，刘昊的优点缺点我们大家都知道。他怕痒，尤其是脚心。

“配合不配合呢？”我蹲在刘昊面前，笑眯眯地问。

“配配配……配合！别、别挠了，哈哈哈，痒啊。”刘昊的表情复杂得很，又哭又笑，更多的是煎熬。

我朝庞阳递了个眼色，庞阳停了下来。我盘坐在地上，看着刘昊，说：“把女大学生失踪案一事的前因后果都告诉我。”

“你就想知道这个啊。”刘昊的声音里灌满了委屈，仿佛方才大家尽欺负他了，他难受得紧。

我点点头。

刘昊看了一眼庞阳和蓝小贝，说：“这是机密，你是师妹，我告诉你可以，但是不能告诉他们。”

我让庞阳和蓝小贝出去，并让庞阳告诉马力关了监控，我虽不待见刘昊，可没必要让他因泄露机密而被罚。

【3】

我转身回到刘昊身边，说：“开始。”

刘昊想了想，诚实地回答：“其实，警方至今也不知道幕后老大是谁，只抓了几个犯罪嫌疑人，听说……听说其中还有一个是你哥哥。”刘昊抬起眼皮看了我一眼，我斥道，“我哥哥是清白的！”

“行行行，清白的。”刘昊懒得跟我解释这件事情，又说，“被抓的不仅是女大学生，还有一些漂亮的都市女性。只要年轻貌美、身材好，就都有被抓的可能性。”

“那么，这些失踪女性最后所在的地点在哪儿？”我问。

刘昊皱起抬头纹，说：“地点就不知道了，只知道失踪前几乎都跟陌生人在一起。”

“怎么会跟陌生人在一起？”我不解地问。

“不知道，只是相关调查显示，这些失踪女性最后见的人都是不同的人，然后从这些不同的人里面找出了几个犯罪嫌疑人。其他的我都不知道了，不是我说，方语筱你能不能先放开我，有你这么对待学长的吗？”刘昊动了动被反绑的双手，像条案板上的鱼一样不停地摆动。

我敷衍地笑了一声，冷冷道：“你找人修理我的时候怎么不念及我是师妹？”我站起来，将绑住刘昊手脚的衣服解开，道，“对不住啊学长，只要你肯保密今天的事，你骚扰女员工的证据我就不会传出去，我这么做也是为了证明我哥的清白，没有其他什么意思。”说着，我转身往外走去。

过道里，我挺着胸膛大步往外走，迎面走来靳蓉和一个身材健壮的男人，男人脸上挂着城府颇深的笑容，青色的胡楂已经有好几天没有刮过来。此人看来四十来岁，但身材和面貌保养得极好，看起来十分健康。

“蓉姐。”我侧过身体，微微鞠躬。

靳蓉将男人邀请进SPA客房，扭头给我使眼色：“端茶，最好的。”

“是。”我应道，往前厅茶室走去。

不知为何，在男人走近我的那一刻时，我的心脏忽然突突直跳，十分不安。

在茶室的时候，身边两个姑娘聊起了天。

“付总又来了啊，他可真厉害，每次来都是靳蓉姐亲自接待。”

“你也不看看人家是谁。”

我将茶叶倒好，走过去，好奇地问：“姐姐，那个付总到底是什么人啊？气场好强大啊。”

姑娘看了我一眼手里的茶叶，说：“这么好的茶叶？是给付总倒的吧？你去的时候可不能称人家为付总，要叫付先生，小心哦。”

“啊……好。”我不解其意地应着她，结果，我的问题她们一个都没有回答我。

我摇了摇头，走出去泡好茶往付先生的房间走去。

敲门后，得到应允声，我才推门而入。付先生坐在沙发上，正在和靳蓉谈着什么。我走过去，给他和靳蓉都倒了杯茶，微笑道：“听说付先生今天要来，靳蓉姐一早就叮嘱我要好好招待，这是付先生您最喜欢喝的茶，新鲜的。”

付先生抬头看了我一眼，笑道：“多谢。”

“付先生您慢用，有事吩咐我就好了，我叫筱筱。”说完，我微微鞠躬，退出了房间。

热情不内敛不张扬，恰到好处才不会引发别人的反感。我关上门的时候，心里变得凝重起来。我将托盘放回原处，跑去资料室翻找着付先生的资料，结果在SVIP箱柜里的第一层发现了他的资料。

付秋衡，1973年出生，丹华医院的创立人。

除此之外，再无其他的资料了。

我将资料全部放进去，找了个无人的地方给微信群里发消息：

——马力，查一下一个叫付秋衡的人，再查一下丹华医院是做什么的。路遥，等一会儿留意一位四十来岁的付先生，约莫一米八，穿着灰色西装，十分精神。

五秒后，路遥和马力同回：

——收到！

我放好手机，整理下衣衫出去。靳蓉姐刚从付秋衡的房间出来，迎面相遇，她喊住我："筱筱，你过来。"

我往前小走几步，来到靳蓉面前。靳蓉看我一眼，说："你现在就下班吧。"

"啊？可还没到下班时间啊。"我感到困惑。

靳蓉环着胸，穿着高跟鞋的身材微微往前一倾，伸出右手小食指指着我，道："下班。顺便带走你的五位朋友，知道吗？"

我脸上的表情细微一变，微微咬着下唇点了点头。

靳蓉直起身子来，小声地警告："下次再这样胡来我就解雇你。"说完，转身离开，姣好的身材被宝蓝色的旗袍勾勒得十分诱人。

我轻轻吐着舌尖，踮起脚跑回更衣室。一边换衣服一边抽出手给群里发微信：

——大家撤，靳蓉姐已经看出我们的小伎俩了。

换好衣裳，我飞奔下楼，路遥已经在那里等我了。不一会儿，马力等人也下来了，庞阳带着蓝小贝，蓝小贝的眼眶红红的。

我上前去抱了抱蓝小贝，哄道："对不起啊宝宝，不哭不哭啊。"

蓝小贝抽泣了一下，委屈着脸看着我，说："没事儿，为了筱筱你，没关系。"

"咱们先走吧，边走边说，这里不方便。"路遥看了一眼楼上的俊颜馆，对我们说道。

我们一行六人坐地铁回南岸区，庞阳一直陪着蓝小贝，在笨拙却又真诚地哄着她。我坐在马力身边，说："回去后视频给我一份，那些东西就不要外传了，毕竟里面也有蓝小贝。"

"这个我知道。"马力点点头，说。

身旁，杨一飞在调侃着路遥，他戳戳他的胸口，问："哎，路遥哥，你咋了？"他一边戳还一边贱兮兮地笑着，路遥用力扬起手，佯装要落下，杨一飞赶紧避开，如看瘟神般看着他。

我不禁一笑，路遥抬起眼皮，我的笑正好落在他眸中。我眯着眼睛，对他打了声招呼，路遥赶紧别过脸去。

坐在我们中间的杨一飞觉察出了这种气氛，道：“哟，你俩怎么啦？发生什么啦？”

“坐你的地铁吧大少爷。”我堵住杨一飞的好奇心，跷起二郎腿，靠着座位笑了笑，没再说话。

当天晚上回家，马力告诉我，这个叫付秋衡的资料在网上少得可怜，丹华医院也是正常的整形医院，不过网上有人说丹华的创始人不是付秋衡，而是他的妻子。除了以上消息，再也没有其他的讯息了。

这就有点难入手了，如果资料这么少的话。

家里，我捏着下巴，将和哥哥的照片摆正，看着照片说：“哥，你肯定是清白的对不对？要是你在就好了，你在的话肯定一眼就能看出付秋衡是好人还是坏人。”

我皱起眉头，脑海忽然冒出奇怪的想法，丹华整形医院跟失踪的漂亮女孩儿有什么关系？如果真的跟丹华有关，那失踪的不应该是相貌不出众或者巨丑的女孩子吗？

不知为何，强烈的直觉总让我觉得付秋衡不是一般的人物，看来明天我要好好地了解一下这个人了。

【4】

翌日，我在卧房梳妆打扮了一番正准备出去。妈妈在阳台晾衣服回来，问：“筱筱，你去哪儿？”

路遥方知语

“我……我约了蓝小贝出去玩儿。”我正单脚站着换鞋子，一个不留神差点儿摔一跤。

“真的？”妈妈显然不信，估摸着又是老张电话打小报告说我周一至周五天天都晚归吧。

我换好鞋子，没有底气地指指门外，道：“您要是不信您给蓝小贝打电话问吧，我要迟到了先走了啊，晚上回来！”说完，不等妈妈再说话，我赶忙闪人。

一边等电梯我一边给路遥打电话：“路遥，走了吗？”

“楼下等你。”

我一愣，旋即说：“好。”

等我跑下楼，来到小区外面的时候，正好看见了杨一飞的车停在那里。我惊讶地往车窗里一瞅，路遥将车窗摇下，冲我扬头，道：“瞅什么，上车。”

“你太厉害了吧，把杨一飞的车都借出来了。”我打开副驾驶座坐了上去，崇拜地说。

“是他主动借给我的。”路遥将车开出去，不忘提醒：“系好安全带，别马虎。”

“哦。”我连忙系好安全带，舒舒服服地躺在副驾驶座上。路遥平稳地开着车，眼睛认真地注视着前方。

我将目光慢慢游离到路遥的侧脸上，一直看到他脸颊上升起一团红晕。他目不转睛，声音却有些小不自在，问："看我做什么？"

"看你可爱。"我诚实地说。

路遥更是紧张，握着方向盘的手加重了力气。

我回想起初遇路遥时的情节，不解地问："我说……你这种脸皮厚比城墙的老流氓，为什么我稍微调戏一下你你就会脸红呢？不该是这样的啊，嘿嘿，有趣。"

"方语筱，你不要得寸进尺。"路遥干巴巴地警告我。

我点点头，心不在焉地说："好吧，小可爱。"

路遥脸色更是窘迫，我在一旁没心没肺地笑了起来。

车子猛然停在路边，我舒服地躺着的身体还没苏醒过来，大脑享受般地扭向路遥，笑道："呀呀呀，气急了，小可爱要发威啦？"

路遥解下安全带转向我，他毫无预兆地扑下来，用手掐住我的脸颊，另一只按住我的脑袋，重重地含住我的双唇。

他不是亲吻，是报复性地示威！

我的脸颊被勒得生疼，嘴被紧紧堵住，呼吸变得异常困难。路遥没有要松口的意思，我急得直拍他的肩膀他都不理我。

呼吸渐渐有些艰难，我痛苦地闭上双眼，脸色涨得通红。

半天，路遥从我身上离开，得到空隙，我爬起来大口大口地喘气。

车子忽然发动，路遥趁我不注意，重新启动车子远去。

我扶着车窗，扭头狠狠地瞪着路遥："你不要脸！"

路遥没说话，脸上也看不见任何表情。我坐在一旁抹了抹嘴，心里默默地念着，不能对男人玩儿火、不能欺负男人，否则一定会得到报应的！

我赶紧靠着车窗的方向，背对路遥。于是。一路上，我们两个一句话都没有说。

等到了Dashing俊颜馆的时候，他将我放在楼下，自己开车进停车场。我按电梯时，却忽然遇到从负一楼上来的付秋衡，我一见他，连忙微微鞠躬："付先生好。"

然后，我钻进电梯，躲在了角落里。

付秋衡站在我面前，身边有两个保镖。他微微扭头，对我一笑："筱筱？我没记错吧。"

"是的，付先生。"我展开笑颜，道，"难得付先生还记得，真是我的荣幸。"

付秋衡一笑，道："不错，一会儿帮我沏壶茶。"

"应该的。"我笑道，电梯到达三楼，"叮——"的一声，电梯门打开，我用手挡住缝隙处，恭敬地说，"付先生请。"

等付秋衡和其他人出去后，我连忙去更衣室换衣服准备工作，毕竟一会儿还要给付秋衡沏茶。

可是令我不解的是，店里一般是下午和晚上有客人会来，上午付秋衡怎么就过来了呢？我一边沏茶一边不停地猜测。

将茶水送到付秋衡所在的房间，靳蓉姐在里面叫住正准备出去的我，说："筱筱，今天是付先生的生日，特地来请我去唱歌的，你有空吗？付先生也想邀请你。"

"能陪付先生过生日是筱筱的荣幸，筱筱就算没空也能抽出空的。"我微笑道。

"好。"付秋衡忍不住抬头看我，说，"靳蓉啊，你养的这个丫头比其他的丫头都要好，落落大方、聪明伶俐，十分讨人喜欢啊。"

"付先生过奖了，筱筱受之有愧。"我有些不好意思，道，"只希望筱筱不会给付先生添麻烦。"

付秋衡笑了起来，指着我不停地夸赞。

靳蓉也附和着他笑，看我的眼神却有些复杂。

从付秋衡的房间里出去后，我去更衣室换回自己的衣服。我给路遥打电话，问："路遥，付秋衡邀请我去参加他的生日，我该怎么办？"

"你一个人？"路遥问。

"不，还有靳蓉姐。除了我们俩，我不知道还有没有其他人。"

"我……"路遥想了一会儿，说，"为了安全起见，我让马力跟在你后面，你随时告诉我们行程，紧紧跟着靳蓉，别乱跑，别单独跟付秋衡在一起。"

"好，我记下了。"我挂上电话，将手机里的定位也开启了。

一会儿之后，付秋衡他们就走了出来，靳蓉在身后给我打眼色，让我好好地跟着她。我随他们一起上了车，不过跟我预料中的不同，付秋衡没有叫其他的朋友，只有我跟靳蓉两个人。

中午时他带我们去吃了午餐，下午便去高尔夫球场打球，他与靳蓉也是君子之交，我从未看见有任何过分的行为。

五点半的时候，打完球的付秋衡去洗澡。靳蓉看着站在身边的保镖，扭头问我："我去洗手间，你一起去吗？"

我点点头，随着靳蓉一起去了洗手间。

可是，靳蓉并没有要方便的打算。她将洗手间的大门关上，看着我皱起眉头，说："筱筱，付秋衡是个不好对付的人，等下去吃晚餐、晚上去唱歌的时候你都要记住一点，无论他对你做什么，你都不能发火和有半点不适。你放心，有我在，不会让他太过火的。"说完，她又凑近我，在我耳边道，"如果你想弄清你心中的疑问，付秋衡就是一个很好的目标，至于怎么做，只能靠你自己了。"

说完，她直起身子，笑着问我："能借我用一下口红吗？"

"哦，可、可以。"我连忙从包包里翻出口红递给靳蓉，她接过去便在洗手间的镜子面前补妆。

我还在咀嚼着靳蓉的话，她能跟我说这些我理解，可是最后那句话是何意？我心中的疑问？她是否知道一些什么？

"靳蓉姐。"我喊了一声靳蓉，她将口红管盖上，说，"我们该出去了。"然后，她打开门往外走，没办法，我只能跟她一起。

【5】

六点半的时候，付秋衡和我们一同坐在了餐厅里。一桌上六个人，我、靳蓉、付秋衡，还有付秋衡的三个朋友。三位朋友看起来并非真正的朋友，而是需要仰仗付秋衡帮忙的人，从吃饭开始就不停地拍马屁、敬酒，我与靳蓉也被连累地一直喝酒。

“筱筱，去让服务员再拿一瓶酒过来。”坐我旁边的付秋衡拍拍我的后腰，在我耳边轻声说。

“好。”我起身而去，找来服务生拿了一瓶酒。

饭桌上，我将酒打开，笑着说：“付先生今天生日，大家喝得都十分开心，我与付先生认识时间不长，不知道该做什么。所以我先为大家斟一杯酒，然后一起祝付先生生日快乐。”说着，我先从付秋衡开始为大家斟酒，我故意给靳蓉倒得少了些，叮嘱她少喝点。倒完酒后，我举杯，说，“付先生，生日快乐，筱筱先干为敬。”

然后，我一仰脖，红酒悉数下喉。

付秋衡的朋友拍马屁的速度丝毫没有停下，说：“付先生的眼光真是越来越好了。”

付秋衡笑笑没有说话，拉着我坐了下去。

我很不喜欢这样的感觉、这样的氛围，可我必须迎着笑脸面对。我看着靳蓉，心里想，她可以，我也可以。

饭后，付秋衡带我们去了KTV，KTV里，付秋衡渐渐不如白天那般绅士。他喜欢跟我和靳蓉对唱，每次对唱的时候必将我们搂在怀里，我能感受到他的手在我的身体上不停地游走，然后停在我的胯骨与手肘处，摸了摸骨头。

他还对我说：“像你这么漂亮的女孩子，身边的朋友也一定很不错吧？给我的兄弟们介绍几个，包她们衣食无忧。”

我当时没放在心上，微笑着附和。

好不容易挨到付秋衡意兴阑珊时，靳蓉看着因为喝多了酒脸色绯红的我，对我说：“筱筱，你去洗手间洗把脸吧，我来送付先生离开。”

“好。”我对付秋衡鞠了个躬，道，“付先生，失陪了。”说着，我转身有些趔趄地往洗手间走去。我知道靳蓉是为了让我早点离开才这样说的，不然我今天可能走不了了。

洗手间里，我揉了揉晕沉沉的太阳穴，将整个脑袋塞进了洗手池里。

真冷。

忽然，有人抱着我的肩膀将我扶了起来，然后脱下外套给我披上，帮我擦着脸上的水渍。我摇摇晃晃了几下，站稳，方才看清来人。

“马力啊……”

“筱筱，你怎么喝这么多？”马力扶着我，关心地问。

“那个老色狼，真是不要脸！”我头疼不已，紧紧按着自己的眉心，叹道，“好难受……”

马力将我拉上他的后背，说：“我先背你下去吧，路遥还在楼下等我们呢。”

我无力地趴在马力背上，身子沉重不堪。

楼下，路遥已经等候许久了。他一下班就朝马力打听了我的行踪，开着车过来接我。马力和路遥合力将我塞在后座上，然后，一个人问另一个人：“去哪儿，送回家？”

“她那样子，送回家会让她爸妈担心的。”路遥看了我一眼，我赶紧拉好凌乱的衣服，把自己裹得紧紧地。迷迷糊糊的，我说：“帮我去酒店开间房吧，我想睡觉。”

路遥叹了口气，重新坐回驾驶座，问马力：“你跟我一起去还是先回学校去？”

马力迟疑了一下，将后座的车门关上，说：“你送她去吧。”

路遥点点头，然后开车离去。

后来的某一天，马力跟我说起过，他将我从KTV里背下来，多想要好好地照顾醉酒的我，哪怕此生只有这么一次机会。

他说他是个聪明人，我心里的人是谁、路遥心里的人是谁，他比这一众朋友更先有所察觉。所以，他为了能一直与我、与路遥成为朋友，不得不在那时将我交给路遥。

将我交给路遥的刹那，等同于在心里也将我交了出去。他站在KTV楼下，看着车开出去没了踪影，才慢慢地往回走。

马力说：“筱筱，我一直都在告诉自己，我不是喜欢你，而是暗恋你。因为暗恋最美好的就是，我不曾将这些公之于众，那是属于我一个人的，想起你时嘴角的笑、放弃你时心里的不舍，都是属于我一个人的。”

世间太多恼人的事，而放弃并不完全等于失去。

那天晚上，我在后座上慢慢地睡了过去，路遥开车开得很平稳，什么时候到酒店的，什么时候被他抱进房间的，我都不知道。

我再有意识的时候是第二天清晨，没拉窗帘的窗户投进来一大片阳光，活生生地将我刺醒。

我揉揉眼睛，撑着床铺爬起来，却发现身上有十分重的不明之物。

我挡住光线，仔细地看了一眼床上的生物，竟然是路遥！

他的一条腿搭在我的腰上，趴在我身边睡得呼呼的。我心中的警钟敲响，脸色由蒙圈变为愤怒，我一巴掌打在路遥的脸上，大骂道：“你这个禽兽！”

“嗡——”路遥猛地睁开眼睛，痛苦地捂着不停耳鸣的耳朵。

我愤慨地将路遥踹下床，对方咿咿呀呀地叫了几声，最后重重地跌了下去。

“方语筱！”路遥怒气冲冲地爬起来，指着我道，“你大早上的发什么神经！”

“我还要问你呢，你为什么会在床上，你昨晚对我做了什么！”我丝毫不减气场地回击着他，道。

“谁对你做什么了？你看咱俩衣服不都好好地穿在身上吗？我鞋还穿着呢！”说着，他站起来，朝我甩了甩穿着鞋的脚，道，“昨晚不是伺候你太累了我就倒在床上睡着了吗？谁稀罕得要对你做什么啊。”

“你！”我钳口结舌，转而摸了摸自己的身体，咦，不对劲，我的内衣后排扣怎么开了？

我恼羞地捂住自己的胸口，冲路遥骂道：“流氓！你解我内衣！”

“……”路遥瞪大了眼睛，说，“姐，是你自己睡着不舒服自己解开的吧……你咋什么脏水都往我身上泼？”

我苦着脸，指着门外，说：“你给我出去！”

“就不出去。”路遥似是被冤枉，心有不甘，偏不听我的话。我见他不动，干脆从床上爬起来，钻进浴室整理起自己的衣服。

我最近一定是水逆了，每次碰到路遥都没什么好事！

我抓着乱糟糟的头发，将它梳理好，然后将浴室的门打开了一条小缝。屋外，路遥旁若无人地趴在床上，看起来十分疲惫，趁着空档补会儿觉，已经深睡了。

等心里慢慢冷静下来的时候，我脸颊才烧得烫了起来。

明明一直以来就是路遥守在我的身后保护我、照顾我，而我醒来却不分青红皂白地打他、骂他、踹他。

我们吵归吵、闹归闹，但是正经的时候总会第一个想到对方。

我将门打开，靠在边儿上，看着趴在床上的路遥，良久后，嘴角慢慢露出了微笑。

他实在是太累了，好好休息吧。

第七章

不是傻，是喜欢你

路遥方知语

【1】

我坐在酒店阳台的躺椅上，惬意地沐浴阳光。今天外面晴空万里，雾霾消散，空气质量非常好。

跟靳蓉请了个假，我和路遥今天都不去上班。路遥现在正躺在酒店的床上，我给他脱了鞋，把被子盖得好好的。

我发短信给杨梦繁，让她带一个女孩子过来配合我调查付秋衡。结果，这女的给我带来了花潇。

“你不知道我跟花潇有过节吗？”电话里，我用气息质问。

杨梦繁“嗯”了一声，说：“但她听到我们的谈话了，非要过来。”

“她怎么老爱听别人讲话？”我皱起眉头，但也管不了那么多，说，“算了吧，她来就来，别坏事就好。明天需要你们的话我提前通知，拜拜。”我挂上电话，躺在躺椅上，长长地舒了一口气。

快到正午的时候，床上的路遥猛地坐起来，迷迷糊糊地问：“我怎么睡着了？”

我被太阳烤得十分舒适，懒懒地问：“醒了？”

路遥连忙爬起来，光着脚走向我，问：“几点了？上班迟到了。”

“我请假了，帮你也请了。”我摇晃着躺椅，笑眯眯地说。

路遥松了口气，在我旁边坐下，揉着脑袋说：“头好痛。”

我扭头看他一眼，说：“到我面前来。”

他疑惑地看了我一眼，最后还是根据我的指示坐在了我面前。我的双手轻轻拍了拍他的肩膀，道：“放松。”他紧张的肩膀松了下来，我将手指放在路遥的太阳穴上，温柔地替他揉着穴位，然后，也在头部慢慢地给他做按摩。

路遥没有说话，我也看不见他的表情。我也没有说话，他坐在我面前的地上，上面垫了层坐垫，我坐在椅子上，一言不发地给他做按摩。

静谧温暖的阳台上流动着不知名的温柔，阳光透过落地窗户洒进来，在侧墙上映出了我们的影子。

温柔真是个好东西，能融化一切不尽如人意的东西。

十二点之后，我们退了房，我没有问路遥昨晚照顾了我多久，路遥也没有问我为何不叫醒一直熟睡的他，而选择默默等待。

他将我送到万寿华庭外面，跟我说了再见就离开了。

我回到家后，发现爸爸妈妈全都在家。

路遥方知语

“回来了啊。”我一边换鞋一边打招呼，他们上班的地方近，中午常常会回来自己做饭。

妈妈在厨房炒菜，老爸在沙发上看着报纸，见我回来了，抬起眼皮问：“昨晚去哪儿了？”

“昨晚……跟一群朋友玩儿晚了，就……就住朋友家了。”我心虚地提着包包，打算躲进自己的卧室。

老爸忽然叫住我，说：“过来。”

“哦。”我不敢违抗，只好乖乖地走过去，站在老爸面前。这时，妈妈也炒好了菜，将菜端了出来。

老爸问：“昨晚跟你在一起的男孩子是谁？”

“啊？男孩子？哪儿来的男孩子。”我不解地问，就算有男孩子，他们是怎么知道的？

“你刘大伯参加同学聚会在KTV看见你喝得烂醉如泥被一个男生送上车，然后另一个男生将你开车带走了！”老爸的语气变得严肃起来，我惊恐地看着妈妈，妈妈给我使眼色，让我不要撒谎。

我立马举起手立誓，说：“老爸，相信我，我没有喝得酩酊大醉，我是有意识的！背我下去的叫马力，开车送我的叫路遥，他们都是蓝小贝学校里的朋友，正宗的三好学生！”

“筱筱，怎么会是男孩子开车送你呢？你是不是谈恋爱了，昨晚是不是跟那个男孩子在一起啊。”妈妈关切地问。

我看了她一眼，又看了严肃的老爸一眼，实话实说道："爸妈，我没谈恋爱。昨晚我的确跟路遥在一起，但是我们什么也没做，他很细心地照顾了我许久，我醒来的时候他自己累得睡着了，于是我没有吵醒他，等他醒后我们一起吃了个饭就回来。事情就是这样，我要是有半点撒谎，你们就扣我一年的零用钱！"

爸爸看我这好比鞭炮的快嘴皮子，没好气地说："我当然信你，但是自家女儿跟男孩子在外面一宿未归，你就不会打个电话回来吗？你不是说你有意识吗？"

"爸，对不起嘛。"我故意撒娇道，"还不是怕让你跟妈担心，我才没打电话的。"

老爸板着一张脸，抖了抖手里的报纸，没再理我。妈妈却八卦地拉着我，问："筱筱，听你这么说，那个路遥对你还挺好的，他是不是喜欢你呀。你喜欢他吗？你们要是互相喜欢，在一起也没关系，你也到了可以谈恋爱的时候了。"

我扑哧一声笑了，转身在沙发上坐下来，自信地说："那个叫路遥的小孩儿还真喜欢你们家聪明伶俐、温柔善良、貌美如花的女儿，不过现在我不想谈恋爱，我有更伟大的事情要做。"

老爸在旁边拆我的台，说："女孩子家家这么夸自己，不害臊。"

"嘿嘿，在老爸老妈面前不害臊不害臊。"我抱着爸爸的胳膊蹭了蹭，抬头对妈妈说，"妈，我饿了。"

“我去盛饭。”妈妈笑着转身进了厨房。

我就喜欢我爸妈这样开明的父母，我窃喜着，转而又想到了哥哥。我咬着下嘴唇，想啊，我还不能将看见哥哥的事情告诉他们，如果他们知道了哥哥是警方通缉的犯罪嫌疑人，一定会很难过、很失望的，到时候还会危及自身安全。

眼下最重要的事情就是找到哥哥，面对面地跟他对质，弄清事情缘由，解开一切迷惑。

所以，至于其他的事情，日后再议吧。

上次见过付秋衡之后，我们就互相留了电话和微信。不过，电话是我的另一个电话，微信也是我的另一个小号。

时隔一周后在学校，付秋衡忽然给我发微信说：

——筱筱，今天正好是圣诞节，我要去参加一个朋友的生日宴会，你有兴趣陪同我一起去吗？

我心有警惕，但还是马上同意了：

——付先生，如果靳蓉姐同意，筱筱愿意陪同付先生。

付秋衡回：

——靳蓉那里我去说。今晚七点我去Dashing接你。

我握着手里的手机，很快地换回自己平时用的手机，给杨梦繁打了个电话，让她今天带着花潇在Dashing楼下等我。

【2】

正想着怎么应对付秋衡的时候，我的后背被人狠狠地打了一巴掌，郭楠不知从何处窜出来，问我："筱筱，你这些天去哪儿了？今天过节，晚上出去下馆子？"

"我没时间，我不去。"我将手机揣回兜里，说。

"你怎么老是没时间？已经很久不见你人影了，每次老张问起来我都不知道怎么说了。"郭楠挠着脑袋，困惑地说。

我伸出胳膊，揽着郭楠的肩膀，说："你帮我顶住老张这里，我帮你要亲亲梦繁的唇印。"

"唇唇唇、唇印！"郭楠激动地跳了起来，"真的假的？"

我朝他眨了下眼，神秘地笑道："你不看看我跟杨梦繁什么关系？"

郭楠忽然扑下来狠狠地抱了我一下，说："老张那边交给我！"

我被勒得直咳嗽，连忙推开乐成了一朵花的郭楠，抚着胸口就逃开。郭楠还在我身后高声地喊着："筱筱，唇印啊，唇印！"

我举起手，背对着他做了个OK的手势。

我走后，老张忽然诡异地出现在郭楠身边，郭楠吓得一哆嗦。老张背着手，好奇地问："什么唇印？"

郭楠瞬间变怂，嘿嘿地笑着："教……教官……"

嗯，那天郭楠被罚跑了4000米，他累得瘫倒在操场上的时候，还不忘让小谢发微信提醒我拿杨梦繁的唇印。

真是个痴汉。

我怀揣着郭楠殷切的期望来到了Dashing，在楼下泊车的路遥叫住我，担心地问："你今天要去见付秋衡吗？"

"要去的，对了，你让马力想办法能不能做个假的身份资料，我、杨梦繁、花潇的，我们三个都是警校的，还是一个宿舍的，她们是受了指令来参与调查这件案子。我觉得像付秋衡这样的人一定很谨慎，会想办法调查我们三个人的资料。"

"你放心，我一定会让马力尽快完成的。只是……"路遥忽然皱起眉头，脸上有害怕的神色，"你们三个女孩子，这样实在是太危险了。"

我笑着戳了戳路遥的胸口，说："你放心，杨梦繁和花潇的行踪，警方全程都知道。他们没有反对杨梦繁和花潇来帮我的忙，证明他们也默许了让我来参与这件案子，所以说不定我的行踪警方也知道呢。"

"地址……"路遥刚想问我地址在哪儿时，神色忽然凝重起来，"他来了。"

我扭头，看见付秋衡的车开了过来。我和路遥一起走过去，路遥替付秋衡打开车门，付秋衡下车说："不用了，车不停，我马上要走。"说完，他扭头看着我，"筱筱，你准备好了吗？"

"准备好了。"我笑道，然后微微凑上去，在付秋衡耳边道，"付先生，您上次要我介绍的女孩子我也带来了，您要不要先看看？"

付秋衡笑着指指我，道："我信得过你，她们人呢？"

我拍了拍手，打扮成妙龄女郎的杨梦繁和花潇从一边走了出来。付秋衡扫了她们，眼睛里在发光。我介绍道："这位是付先生，付先生，这是梦繁、这是潇儿。"

"付先生好。"杨梦繁和花潇微微欠身。

"很好，上车吧。"付秋衡满意地点点头，先坐回了驾驶座。我将后车门打开，让杨梦繁跟花潇上了车，然后，我自己坐在了副驾驶座。

路遥一直目送着我们离开，付秋衡一边驾车一边看着后视镜里的路遥，问："筱筱跟那位小哥很熟吗？"

"我跟他是同一天来上班的，关系算不上熟，但也不陌生。刚刚在这里等您的时候，闲起来跟他聊了几句天。"我微笑着说。

付秋衡勾起嘴角，没有再说话。

车上，我将披起来的头发绾了一半上去。双手在脑后挽发的时候，做了一个脱戒指的手势，杨梦繁与花潇心领神会，将手指上装有微型摄像头的戒指取了下来。

付秋衡如此谨小慎微，我们冒不得险。

车子很快来到一处度假别墅，我随着付秋衡下车，望着这栋别墅，看惊呆了。

别墅伫立在湖边，豪华程度令人叹为观止。

别墅门设有安检门和安检机，来人都要经受检查。我双手背在背后，摊开手心，杨梦繁和花潇将戒指放在了我的手心，我快速地藏在包包里环顾四周，发现没有可以藏东西的地方。如果等会儿检测仪检查出问题了，我必须要想个理由瞒过去，可是我该怎么做呢？

“筱筱，走吧。”付秋衡邀请我。

我微微点头：“付先生请。”

我和杨梦繁她们跟在付秋衡身后，付秋衡通过检测仪时，做安检的工作人员忽然语气不善地对我说：“包包要过安检机，你们都不知道吗？”

我一怔，浑身僵住，半晌都没反应过来。

这个声音……

我的心突突直跳，慢慢地抬起头看着说话的人。浓黑的眉毛，立体的五官，眼睛里藏着深不可测的光芒。

哥哥……我呆呆地看着他，视线很快就模糊了。

忽然，他蛮横地扯下我的包包，转而又对杨梦繁和花潇伸手道：“包给我。”

杨梦繁与花潇吓得赶紧将包包递给他，他将包包拿到安检机上，我的心顿时提了起来。可是奇怪的是，包包过安检的时候，并没有发出警报。

“筱筱。”付秋衡在一头叫着我的名字，我整理好思绪，连忙走过安检门，拿过自己的包包背了起来。

我扭头看了一眼哥哥，不动声色地问：“付先生，这里的工作人员可真不一样，吓我一跳。”

付秋衡笑道："他就这样，脾气暴，别理他。"

我点点头，没再说话。这时，有几个熟人从别墅里走了出来，远远地和付秋衡打招呼。付秋衡将我们介绍了一番，然后指着杨梦繁与花潇，说："这是今天给你们带来的人，瞧瞧如何？"

"付先生的眼光我们自然是信得过的。"有两人走了过来，分别搂着杨梦繁跟花潇，假惺惺地勾搭了起来。

付秋衡之前跟我说过，这次他朋友的生日宴，要求每个参与宴会的男士都带一个女伴，而这两位与付秋衡相交甚好，恰好没有合适的女伴，他们又喜欢年轻的小姑娘，于是付秋衡就找了我帮忙。

不过，这次的生日宴会我们虽然参加了，可说到底我们不过是个陪衬，听到的全是场面话，从里面捕捉不到一丝有用的线索。不过作为嫌疑人的哥哥出现在这里，就说明这个地方肯定会有失踪案的毛头。

【3】

"筱筱，今日为何心不在焉？"付秋衡搂住我的手加了把力道，充满试探地问道。

我心里"咯噔"一下，转而装作不自然的样子，说："付先生，筱筱第一次来这么大的场合，多少有些不习惯，有什么做得不好的地方付先生您尽管讲，筱筱一定会给付先生长脸的。"

付秋衡意味深长地笑了一声，抱紧我，说："不需要长脸，他们在我面前才需要长脸。”

我笑笑，随着付秋衡去会见其他的人。

这场生日宴会一直持续到了晚上十一点，我一直跟着付秋衡，却没有发觉他有任何异常。别墅的湖边，我坐在付秋衡的腿上，听他讲一些与这别墅里面人有关的故事。

他说，看起来他们交情深，实则都靠不住。只有有求的时候才会付大哥地叫，无求的时候表面功夫都做得极其虚伪。

我说，这大抵就是成人之间的关系吧。

付秋衡笑了笑，抽了口烟，说：“筱筱，你还是个小姑娘，不懂。”

我不知如何接话，这时，白色的灯光下走过来一个身穿黑衣的人影，待看清来人面庞的时候，我吓得直接从付秋衡腿上站了起来。

付秋衡看了来人一眼，说：“维三，你吓着筱筱了。”

“付、付先生，没事儿的。”我连忙摆手。

面无表情的哥哥微微欠身说：“对不住。”然后，他又对付秋衡说，“付先生，会议要迟到了。”

付秋衡看了看手表，说：“是要迟到了，那筱筱，咱们先走吧。”他看了我一眼。

“付先生，这位小姐已经跟付先生熟悉到能带她去参加会议了吗？”哥哥的话里明显在针对我。不知为何，他语气虽冷淡，但我却听得出来他是在帮我。

如果我真的跟付秋衡走了，还不知道接下来会发生什么。

我连忙说："付先生，如果是很重要的会议，筱筱还是不方便过去了。付先生要是想见筱筱，随时可以给我打电话，您不是有我的电话吗？另外，梦繁和潇儿是我带出来的，我得将她们平安带回去，不然下一次我再叫她们出来，她们一定不会听我的话了。"

"好吧。"付秋衡站起来，说，"维三，你送一下筱筱跟她朋友。"

"是。"哥哥点头。

付秋衡走后，整个湖边都变得阒寂起来。我望着哥哥的脸，心里多出了好多想说却不知道怎么说的话。

他问："两位朋友在哪里？"

我将喉咙口的话全部咽下去，说："我知道在哪儿。"说着，我带着他往别墅内走，我的手一直掐着另一只手，我告诉自己，这个时候在这里一定要克制住自己。这里或许到处都是付秋衡的眼线。

找到杨梦繁和花潇的时候，我说我要带她们走，因为身边有哥哥跟着，所以那两位先生也不敢多留。

离开别墅的路上，杨梦繁低头问我："有什么线索吗？"

"回头说。"我微微皱起眉，然后从包包里取出一张纸巾递给杨梦繁，说，"口红太厚了，抿一下吧。"

杨梦繁下意识地接过来，说了声"哦"，然后在纸巾上抿了一下。她刚想扔掉纸却被我抢过，"给我吧，别乱扔。"说着，我将纸巾揣进了包包里。

毕竟我答应过郭楠要给他杨梦繁的唇印。

三分钟后，哥哥带着我们离开了别墅，开着那辆马自达送我们回家。

我看着身后杨梦繁和花潇的神情，猜晓他们早早地认出了哥哥。于是，我用手机给她们发了相同的消息，如果她们要告诉警方看见了哥哥，我下次再也不会带他们来参与这件案子了。

杨梦繁回我，她会替我看着花潇，不会说出去，让我自己也要以大局为重。

我回：

——你们装有摄像头的戒指就是他偷偷从我包里拿出来了，所以大家才得以安然无恙。就凭这一点，我相信我哥是清白的。

花潇不服：

——那是因为你是他妹妹！

我怒回：

——那你也跟着我捡了一条命！

后座上的花潇赌气地看向窗外，没有再回我。

“龙西路口到了。”哥哥忽然停下车，花潇打开车门就下去了，末了还喊道，“杨梦繁，不走啊！”

杨梦繁看了我一眼，跟着花潇下车去了。

等她们走远后，哥哥眼角的余光落在我身上，问：“你不走？”

我失神地摇了摇头，车上只剩我们两个人，气氛变得让我有些感伤。

我慢慢地侧过头看着他，轻声问："刚刚我发现包包里少了一样东西，不知道你在替我们过安检机的时候有没有发觉？"

"没有。"他冷清地说。

果然还是这么冷漠吗？可东西明明就是他拿走的，不然安检机为什么检查不出来。他明明在帮我们，为何不愿承认？

我心里逐渐有些难过，咬着牙问："那前些日子，这辆车的主人在一家商场外救了我，您知道这件事吗？"说着，我打开手机，将路遥给我的马自达车牌号码的图片展现在他的面前。

"不知道。"他依旧冷清地说。

我的手在微微颤抖，旋即放下手机，隐忍着啜泣声，又问："我……我见你眼熟，不知道你是不是有个妹妹，小你八岁。我觉得……她一直都在找你……找了好久好久。"

他怔了片刻，冷清的眸子终于微微一垂，却仍旧不温不热地说："不知道小姐您在说什么，我还要赶回去参加会议，小姐您不下车吗？"

"我下车。"我咽下难过，抿了抿嘴唇，说，"谢谢您送我到这里来，我们下次还会再见面的。"

他终于没再说话，我打开车门，缓慢地下了车，然后站在路边看着他的侧脸发呆。半晌，他启动车子，熟悉的颜色、熟悉的汽车LOGO、熟悉的车牌号，什么都是熟悉的，可他为什么就是不肯认我？

路遥方知语

哥哥，你是迫不得已的，对吗？

你也是记得我的，对吗……

我在路边站了好久，冷风从我的脖子里灌进去，全身的血液都似凝住了一般。手机响了起来，我将冰冷的手伸进兜里，将手机接通，无力地喊："路遥……"

"你在哪儿？"电话里的路遥担心地问。

"龙西路口。"我慢慢地抱着自己蹲了下去，说，"我等你。"

"我马上就来。"听到路遥的回应，我缓缓地挂上电话，然后坐在路边，心里一阵一阵地绞痛。

我告诉自己，哥哥之所以会出现在付秋衡身边，之所以会被当成犯罪嫌疑人，这一切一定都是表象。哥哥那么优秀，说不定只是卧底呢？电视上不都是这么写的吗？可是，即使是卧底，在这种无人的情况下，他该与我相认的吧？为什么他要装作不认识我？我是他的妹妹，我找了他这么多年，他不知道我和爸爸妈妈每天都在想着他吗？

我越想越难过，抬起手臂拭去掉下来的眼泪，冰凉的手背上立刻沾满滚烫的泪水。

不一会儿，路遥开着车来到了我面前，我缓缓地站起来。他一下车就赶紧把外套脱下来披在我身上，身体一暖，我情绪低落地往前一靠，抱住了路遥。

路遥一怔，慢慢地反应过来，双手环过我的身体，轻轻地拍着我的后背，温柔地喊着我的名字："筱筱。"

"我见到哥哥了，是哥哥，没有错。"我躲在路遥的怀里，还是没能忍住地哭了。

路遥紧抱住我颤抖的身体，安慰着我说："没事儿，在我怀里哭一会儿吧。哭完之后，你还是那只打不死的蟑螂方语筱。"

我从路遥的怀里钻出脑袋，埋怨问："谁是蟑螂了？你才是。"

"我是。"路遥点头承认，"那么蟑螂请你上车好吗？你的身体好冷，别冻坏了。"

我脸上挂着泪痕，听话地点了点头。路遥笑了笑，帮我打开车门让我坐了进去，然后他坐进车里，把车里的暖气开到了最大。

"送你回学校。"路遥帮我系好安全带，笑着说。

"嗯。"我夹着哭腔的声音惨兮兮地发出了一个音节，点头应允。

路遥踩下离合器，车子驶向远方。

皎洁的月光之下，一辆红色的马自达从黑暗中慢慢开出，往与我们反方向的地方驶去。

【4】

那晚，我失眠了一整夜。

有太多我想不通的事情，一件又一件堆积在脑海，使得整个脑袋沉甸甸的。天亮的时候，我无力地从床上爬起来，顶着两只熊猫眼洗漱。

路遥方知语

早上八点我就到了Dashing，来人不多，因为时间实在是太早了。

人事部里的小张走出来看见我，打着招呼：“筱筱啊，怎么这么早就来了？”

“在家无聊。”我一边往换衣间走去，一边说。

的确无聊，想来这里见付秋衡，想从他那里打听到跟哥哥有关的事情，哪怕只有一句话。

我换好衣服，拿着工具准备去做卫生。可是，在路过靳蓉的办公室时，我却看见哥哥从里面走了出来。

他见我出现在此，不由一怔。然后迅速反应过来，从我身旁擦身而过，果断又迅速。

我浑身像被抽去了力气，站在原地半天都没回过神来。

听到电梯声的时候，我连忙转身，看见他已经进了电梯。我眉头紧皱，连忙跑向楼梯，我现在在三楼，去停车场要跑六个楼梯。

我脱下碍事的高跟鞋，不停地奔向停车场。停车场里十分静谧，我在里面找着那辆红色的马自达，直到听到有汽车启动的声音。

我寻着声音跑过去，张开双臂拦在了马自达面前。

车子停在离我的咫尺之地，车上的人紧握着方向盘，目光紧紧盯着我，似火般炽热。

我收回双臂，满腔怒气地喊道：“方宇维！”

对方没有应我。

我红着眼眶，跑去敲着马自达的车窗。玻璃窗缓缓降下，我对着里面的人道：“你下车！”

对方却懒懒的抬起眼皮看着我道：“您是付先生的贵客，我不便与您动手。再奉劝一句，小姐以后要是还这么莽撞，我可不会顾及付先生的面子了。”

“好，那你有本事现在开车撞死我。”我面露冷漠，缓缓转身，来到车前。

方宇维坐在驾驶座上，表情凝重起来。

我拔高声音道：“我不知道方先生您是不是忘记了一些很重要的事以及很重要的人，如果方先生忘记了，我可以帮您找回来。但如果方先生不愿找回来，请方先生开车撞我，因为如果您留着我，我将会成为您最大的敌人。”

我面无表情地说着这些话，句句坚决。眼前这个我找了八年的亲人，现在不肯与我相见，他到底是有苦衷还是真忘记了，我已经无从得知。但如果换作是我，我有多大的苦衷都会跟对方提起，因为我相信对方如同相信自己。

方宇维坐在车上，时间一点一点地溜走。

许久后，他踩下离合，拨动了档位。

我的视线一片模糊，眼泪顺着眼睫缓缓淌下。我就站在这里，他是想要从我身体上碾压过去吗？我找了八年的哥哥啊，他是真的一点儿都不记得我了吗？

我紧紧攒着拳头，身体在瑟瑟发抖。

“筱筱。”身后忽然有人喊了一声我的名字，方宇维熄了火。

靳蓉不知何时站在我身后，缓缓地走过来，问：“你怎么在这里？”

我扭头看向她，眼神里有复杂的埋怨与恨意。她却如同见过大世面一般，冷静地与我对视，问：“你跟维三哥很熟吗？站在这里做什么？”

“我也想问你，你跟他熟吗？”我反问。

如果不是今日撞见方宇维从靳蓉房间里出来，我都不知道他们原来认识，甚至是一伙的。

靳蓉双手环胸，看着方宇维，说：“他是付先生身边最信任的人，我们见过很多次。”

“所以上次跟你意外认识，你们俩也是巧合都出现在商场外面吧。”我抬头问。

靳蓉扭头看向我，说：“不是，我恰好碰见维三哥，便让他送我去了商场。”

我讽刺地笑道：“是了，你们都在戏里，我在戏外。你们都很聪明，只有我是个笨蛋。”

“你不要这么说。”靳蓉皱起眉头。

“我怎么说了，难道靳蓉姐你不清楚我的身份吗？是不是你们两个都知道我来Dashing的目的，等着要看我如何出糗，如何失败？”我此时此刻失去了理智，看着靳蓉讽刺地问。

靳蓉脸上严肃起来，说：“筱筱，有些话不能乱说。”

“那请你把这些我乱说的话当成是认真的话吧，如果我们的目的不一样，甚至是相悖的，我不会对你们心慈手软，你们也不必手下留情！”说完，我看向方宇维，深吸了口气，转身离开。

我强迫自己不能掉下眼泪，我明明知道他们在骗我，我不是傻瓜，我感受得到。可是为什么他们两个要一起瞒着我？有什么不可以告诉我的？

我一路回了三楼，换回自己的衣服，离开了Dashing。我跟路遥说，我不去上班了，路遥打电话问我怎么了，我不知从何说起，便道：“没什么，休息几天。”

在那后来我才慢慢清醒过来，觉得那天在停车场说的话实在是太冒险了。不过一直到现在付秋衡都没有什么异常的举动，想必他们都没有把我的话泄露出去。

想到这里，我心里还是有些放心的。

不过我那样所谓的休息，一下子就休息了半个月，休息到学校放寒假，我都没有再回去。

放假后回家，我天天帮爸爸妈妈做饭，等他们下班回来吃。我也很少出去，蓝小贝跟路遥他们经常约我出去散心，我都拒绝了。

某天，杨梦繁忽然给我打电话，说有一个失踪的女生忽然回来了。

我要来了地址，避开警察做口供笔录的时间，独自一人找到了女生的家里。

开门的是女生的妈妈，一见我的时候，警惕地问：“你是谁？”

“我是她室友。”我来之前问杨梦繁要了女生的个人信息，我说，“阿姨，我来看看她。”

阿姨侧开身让我进去了，出事的女生坐在蜷缩在沙发上，两眼无神，嘴里不停地念叨着什么。

“两天前的晚上，我听见有人敲门，我就起来开了。小月她六神无主地站在门外，我吓坏了，我的女儿失踪了这么久忽然回来了，变成了现在这个样子，神志不清，问她什么她都说‘不知道’、‘别碰我’。”小月妈妈站在一边跟我说起小月回来的时候，她神色很是憔悴，也没少为女儿担心吧。

我慢慢走到小月身边坐下，伸出手搭在她的手臂上，轻声道：“月月，我来看你了。”

当我的手触碰到小月时，她浑身更为严重地哆嗦起来，嘴里念着：“别、别对我动手，让我回家，我要回家！”

“月月，他们对你做了什么？”我问。

小月不停地摇头，不停地挤成一团。

我将手机打开，翻到一张偷拍的付秋衡的照片递到她面前，说：“月月你看，这是我们宿舍四个人的照片，你还记得我们的吧？”

小月偏过脑袋，怔怔地望着照片上的人。我仔细地观察着她的表情，她脸部的皮肤抽搐了一下，渐渐缩小的瞳孔中慢慢涌出一股恐惧，我手心发凉，她认识付秋衡？

“滚开！”小月忽然尖叫起来，打掉我的手机跑进了卧室。手机跌在地上，屏幕摔裂了。

“这孩子？”小月妈妈担心地跑上去敲着房门，喊，“小月，我是妈妈，你别怕啊，妈妈在外面保护你。”

我捡起手机，愧疚地说：“阿姨，对不起。”

小月妈妈转身过来，叹了口气，说：“姑娘，你走吧，谢谢你的好意，只是我们家小月现在见不得别人，走吧。”

“对不起。”我微微鞠躬，慢慢地退了出去。

关上门的刹那，我浑身都变得冰凉起来。

丹华整形医院、付秋衡……小月的反应、付秋衡需要我介绍漂亮女生和跟我在一起喜欢摸我骨骼处的画面不停地穿梭在我的脑海。

这件事情真的跟他有关系？那哥哥呢，靳蓉说哥哥是付秋衡最信任的人，他又不止一次地帮助过我。所以他定是察觉到付秋衡的阴谋，卧底在他身边搜集证据的吧？

可是付秋衡那么精明的人，哥哥在他面前一定十分危险。

我扶着楼梯，觉得众多事件令我心里格外不安。

【5】

我坐在楼梯间平静了一会儿，忽然电话响了起来。

是路遥，我接听后，没等他说话，先问道：“路遥，你在哪里？”

“我在家里。”路遥问我，“怎么了，你想见我？”

“想……”我用手指抠着牛仔裤膝盖上的破洞，难过地说。

“你在哪儿，我马上来找你。”

“双山晋愉公园附近，东门这边吧。”我说。

“等着。”路遥挂上电话，我将手机放回包包里，靠着楼梯发了一会儿呆。

然后，我站起来往小区楼下走去。

接下来该怎么做，我忽然有些迷茫。

我在公园门口等了几分钟，路遥便打着车过来了。一走近我，他就张开双臂，笑着说：“抱抱。”

“抱什么抱啊。”我无力地用包包砸了一下路遥，郁闷地说着。

“我想抱你。”路遥笑着凑近我，脸上一派天真无邪，“因为软软的，很舒服。”

他的视线往下游走，落在我的胸上。脸上一阵煞白，我没好气地打了一下路遥，恼怒道：“你怎么还这么流氓啊！”

“我也没说是什么软软的啊，干吗打人。”路遥捉住我的手，将我往公园里带。我也无心与他置气，拖着无力的身体跟着他走着，说，“你知道有个失踪案女生回来了吗？我刚刚去看了她，像是受了惊吓，整个人神志不清，太可怜了。”

“那你从她那儿得到想要的消息了吗？”路遥懂得捡重点问。

我拽紧路遥的手，他面向我，我严肃地说：“我给她看了付秋衡的照片，她的反应很奇怪。所以我觉得，这件事情肯定跟付秋衡有关系，但是我不知道他的目的是什么，我也没有找到证据。”

“筱筱，你可不能乱来，付秋衡不好对付。”路遥提醒我说。

“我知道，我不会乱来的，我也会很小心的，我一定要把这件事情的前因后果给找出来！”我咬着牙，坚定地说。

路遥问：“可是筱筱，我不明白，你为什么不把这些告诉警察，让他们帮忙呢？”

“不行。”我摇摇头，说，“越多人参与这件事，就越容易被暴露，为了将危险降到最低，我现在还不能告诉警方。”

“是因为你哥哥吧。”路遥看穿我的心思。

我拧紧眉头，松开拉着路遥的手，走到一边的长椅上坐下，说：“跟我哥哥的确有关系，但是路遥你理解我吗？付秋衡表面对我很好，可我跟他在一起的时候，一句话、一个动作、一个表情都有可能被他看出端倪，哥哥在这么危险的人面前做事，肯定会比我更谨慎，更能舍小为大，我做什么决定都会关系到身边人的安危，所以我不能冒险，我只能靠自己。”

“筱筱。”路遥在我身边蹲下，扶着我的膝盖，说：“我理解，但是我们也担心你啊。”

“我也担心我哥哥。”我看着他的眼睛纠正，“我们一家人都担心我的哥哥，我现在能理解我哥哥的心情了。他不是不信任我，而是怕不知何时会出现的‘万一’，就像我不是不信任你们，而是怕那随时的‘万一’出现，万一……因为我，而让你们陷入险境，那怎么办？”

路遥紧紧抓住我放在膝盖上的手，温暖地包裹住，说：“筱筱，你可以不要其他人参与进来，但是我不行。我已经进来了，我担心你就像你担心你哥哥一样，我无论如何都不会让你一个人涉险，你不能将我赶走，知道吗？”

“路遥，我……”

“不许讲话。”路遥用力握了一下我的手，打断我，“你若赶我走，我这辈子都不要原谅你。”

我一呆，愣愣地看着眼前的少年，还带着稚嫩的五官充满着严肃和不可抗拒的气味，眉心中间的皮肤挤成了一个“川”字，眼睛里的光芒倔强到不行。

“你是不是傻啊。”我心里又感动又难过，伸出手戳了戳他的额头。

路遥抓住我的手，握在手心，慢慢地抬起头，声音里饱含担忧与温柔，他说：“不是傻，是喜欢你。”

小径的尽头吹来一阵裹着阳光的微风，掠过路遥眼波中的温柔。

我心底有一片温暖，因他而起。

我帮路遥拂开眼角被风带来的叶泥，笑着说：“谢谢你，路遥。”

谢谢你陪在我身边，更谢谢我能遇到你。

那天路遥送我回来后，我想了很多，没有拒绝路遥的帮忙。我想，这件事情解决后，我一定要比路遥先去到对方面前，问他，我们在一起吧，是未来每时每刻地在一起，你是否愿意？

那天之后，我又在家待了几日，与路遥聊天时也多了些温柔与体贴。

在家不过几日，靳蓉那边忽然给我打来了电话，让我回去上班，付秋衡找我。末了，她还提醒我：“叫路遥也回来上班。”

我心里生起不好的预感，连忙一边出去打车一边打电话给路遥，让他赶紧赶去Dashing。

好不容易到达店里时，靳蓉给我使眼色，将手里的托盘递给我。我端着茶往付秋衡的房间走去，他正在房间里享受按摩，见我进来了，他让按摩的人离开了。

付秋衡从床上坐起来，指指肩膀，说：“筱筱过来帮我按。”

“是。”我走过去爬上床，跪在付秋衡的背后，帮他按着肩膀。

付秋衡片刻后问我：“筱筱，你跟我的时间不长，但是你是聪明人，你知道我最讨厌什么样的人吗？”

我心里忐忑不已，说：“不忠诚的人。”

付秋衡点点头，然后平淡地问我：“你觉得你忠诚吗？”

我不敢怠慢，说："我不知道付先生对于其他事情是如何定义忠诚的，但如果付先生是问筱筱对付先生的心的话，绝对忠诚。"

"好一个绝对忠诚。"付秋衡笑了两声，拉过我的手让我坐在他怀里，嘴角笑着，眼神里却是深不可测的探索，他问，"你跟楼下停车的那个小哥到底是什么关系？"

我努力掩藏着表情的变化，从付秋衡的身上下来，站在他面前微微垂着头，不敢说话。

付秋衡坐端正，眸子里亮起光，说："我只给你一次机会。"

第八章 身份被揭穿

路遥方知语

【1】

“我只给你一次机会。”付秋衡端端正正地坐在我面前，眼睛宛如一把利刃，毫不留情地刺穿我的身体，欲找到他想要的答案。

我绞着手指，神色有些不自然。

“怎么了？”他问。

我咬着下唇，好半天才慢慢开口，我说：“付先生，您惩罚我吧，我骗了您。”

“哦？怎么骗我的。”付秋衡的眼睛微微眯起，里面藏着深不见底的危险。

我垂着眸子，声音有些颤抖，说：“我……我跟路遥其实是男女朋友关系。”

付秋衡的表情依旧不变，他道：“继续说。”

我脑海里不停地翻转，回忆起马力给我们制造的假身份信息，我说：

“我跟路遥是在开学的时候认识的，我是他学姐。然后某天聚会上被人起哄，我们就在一起了。他这个人占有欲可强了，又不信任我，于是时间一久，我们之间的矛盾就起来了。但分分合合很多次了，就是没有断开过，我现在心里也不知道该怎么办了。”

付秋衡跷起二郎腿，双手握在一起，问：“你还喜欢他吗？”

我眼眶适时地湿润起来，说：“我……我也不是特别清楚，路遥是我的初恋，可别人都说初恋是美好的，而我却……我却……”我咬咬牙，没有再说下去。

付秋衡站起来，走过来搂住我，以不容拒绝的口吻说：“筱筱，放弃那个小子，跟我。”

我愣愣地看着付秋衡，一时之间难以做出选择。

付秋衡放开我，说：“我不逼你，给你看样东西吧。”说着，他将立在茶几上的iPad打开，拉着我坐下，说，“问吧。”

iPad里面竟然是戴着口罩的方宇维跟路遥！我心中一惊，这个老奸巨猾的付秋衡！

方宇维的耳朵上戴着蓝牙耳机，付秋衡发令后，他就从腰间取出一把手枪指着路遥。我一哆嗦，拉着付秋衡惊恐地看着。

付秋衡淡定地说：“别紧张。”

我能不紧张吗？手心都出汗了。

iPad里，方宇维问：“我问你什么你就老老实实答什么，错一个字你都别想活了。”

路遥方知语

路遥似是被关在一间小屋子里，紧张地坐在一边，点了点头。

“你跟筱筱小姐是什么关系、怎么认识的，为什么会在这里？”方宇维问了三个问题，我屏住呼吸，心里暗道：千万不能出错，千万！

路遥不敢抬头看方宇维，他双手抄在一起，微微躬着身体说：“她、她是我们学校学姐，我刚进校的时候是她接待我，然后就留了联系方式熟了起来……”

“仅仅只是学姐吗？”方宇维抬高了手枪。

路遥吓得赶紧举起双手，磕磕绊绊道：“不、不是！我们在交往，我们、我们是男女朋友，筱筱说缺钱，便来这里做兼职了，我、我天生多疑，因为之前吵过好几次架，我以为她背着我有别人了，于是自己也跟到这里来了。我说的都是实话，标点符号都是真的！”

我松了口气，紧张的身体也慢慢放松起来。

半个小时前的出租车上，我给路遥打电话，十万火急地说：“我怀疑付秋衡在调查我们俩之间的关系，咱们俩要统一口径。”

“行，你说什么，我照做。”路遥在电话里说。

于是，我们将相识的细节全部对了一遍，确认无误后才来到了Dashing，只是让我没想到的是，付秋衡竟然以这样的方式分别套我们的话，太狠了！

可再度令我紧张的是，方宇维忽然慢慢走向路遥，将枪口对准在路遥的额头上，我明显地看到路遥的身体一僵。方宇维冷冷地问：“你真的爱她吗？”

我一怔，哥哥他……

那时我的确看不见哥哥的表情，只能看到他远比二十岁那年更挺拔的背影。他就像小时候帮我教训抢我糖果的小男孩一样，无论时光如何变迁，我们能否再度相见，他都在一如既往地保护我。

我知道，付秋衡不知其意、路遥不知其意，但我知他心底所想。

在哥哥的心里，路遥的话是否为实不重要，重要的是他是否爱我，是否欺骗了我。

可他当着付秋衡的面问这句话，真的没关系吗？我扭头看向付秋衡，他的表情没什么异样。

我转过脸看向iPad里的路遥，他举着的双手慢慢垂了下来，他眼神坚定地望着我哥哥，说："我爱她。"

我心中某个地方被融化，却不得不扭过头靠在付秋衡的肩上，说："付先生，我不想听这些。"

付秋衡说："维三，走吧。"

后来的iPad里是怎样的情景，我没有看见。我跟着付秋衡出去的时候，发现迎面而来的正好是方宇维和路遥，路遥一看见我，吃惊地喊道："筱筱！"

方宇维拽住跑过来的路遥，路遥瞪他："你干什么！"

见此情景，我吓得往后一退，顺势挽住了付秋衡的胳膊。

路遥见我这般动作，不可置信地喊："筱筱！你不是说你来这里只是单纯工作的吗？这个人是谁！为什么我会被莫名其妙地被关起来！"

路遥方知语

我藏着自己的脸不去看路遥，路遥动怒了，他吼道：“原来你真的在外面有了别人！还是这么一个中年男人！”

方宇维拎起路遥的衣领，道：“筱筱小姐是付先生的人。”

“付你大爷！”路遥气得破口大骂。

付秋衡说：“将他丢出去。”

然后，方宇维拖着路遥往外走，路遥的骂声也越来越遥远。我颤抖地松了口气，慢慢扭头看着那个方向。付秋衡温柔地拍拍我的肩膀，说：“没事了，不要再想他了。”

我浑身有些微微哆嗦，我是真的害怕，我不知道以后还会发生什么令我措手不及的事情。付秋衡身边太危险了，路遥被我牵扯了进来，我到底该怎么办？

从那件事以后，我整个人都变得敏感许多。连走路都会注意身边是否有人跟踪我，做梦经常被噩梦惊醒。我连回家都不敢，连与朋友们联系都不敢。我生怕付秋衡再发现什么端倪，再牵连到我身边无辜的人。

这个时候，我才真真切切地明白，为什么哥哥不肯与我相认，为什么这么久了，他都不回来看看我们。

只是还有一点我不明白，当年哥哥坠下悬崖，是如何获生的？是有人救了他吗？女性失踪案发生不久，他之前做什么去了？

疑问太多了，也许解决掉这件事，一切就会真相大白吧。

【2】

我以为，只要我谨慎一点，就再也不会发生其他的事情。

但是，我低估了付秋衡。

春节前两天，付秋衡又来了Dashing，他在房间里滑着iPad给我看一张照片，说："筱筱，你觉得这个人怎么样？"

我无意一瞟，却看见上面这个人正是蓝小贝！

她怎么会被付秋衡盯上？

我压着心中的疑问，坐下来仔细看着，说："漂亮倒是挺漂亮的，这是谁啊？"

"我要知道是谁，就不会问你了。"付秋衡眼神里裹着深意。

我愣了一下，说："付先生，我不知道您的意思。"

付秋衡转而笑起来，说："我知道你不认识她，我找人调查了下，是你们学校的。有空的话，帮我把她约出来。"

我刚想说为难，但是看到付秋衡眸中不容置疑的眼神，我将拒绝的话憋了回去。我说："我会按要求去完成的，只是付先生，我将人家约了出来，您可得让我安全送人家回去啊。"

付秋衡笑着搂过我，说："你看你上次带来的两个女孩子，我不好好地让人家回去了吗？你放心，我又不是拐卖少女的人。"

我面上迎合着付秋衡，心里却惴惴不安。为什么是蓝小贝，为什么偏偏是她？

我拿着付秋衡发给我的照片，看到蓝小贝是在一个超市外面被拍到照片的。我用微信扫码照片上的场景，得出的地址是在西信洲际花园。

这不是路遥的家吗？难道是付秋衡在背后调查路遥，无意间拍到了蓝小贝？

这个……老奸巨猾的家伙！

公交车上，我紧紧拽着手机，内心翻江倒海。我知道自己绝不能把蓝小贝带到付秋衡身边，付秋衡在逼我，在他的认知里，我与蓝小贝互不相识，只是校友而已，我需要做的就是与蓝小贝混熟，然后带她来见我的“朋友”。

可我怎么才能阻止这一切？

我揉着太阳穴，靠着车窗，脑中一片空白。

付秋衡给了我一个月的时间。是开学后的一个月以内。因为要过年了，靳蓉让我回家休息，付秋衡也没有再打扰我。

然而，这个年我过得一点儿都不好。

除夕这晚，爸妈坐在沙发上边嗑瓜子边看春节联欢晚会。我坐在卧室的窗台上，看着夜空里绚烂的烟花发呆。

烟花照彻夜空的时候，也照彻了楼下小区。我清晰地看见小区门口停了一辆车，虽然只有红色的一角，但直觉告诉我，那是哥哥的车。

我犹疑了一会儿，穿好衣服出去跟爸妈说我下去买个东西。

来到小区楼下，我将手揣进厚厚的羽绒服里，风灌过我穿着睡裤的腿，冷冷飕飕的。

从马自达的车窗里飘出来一缕烟，我远远地就嗅到了香烟的味道。我走过去，站在车窗外，车里的人扭头看到我，表情一愣，随即掐灭了手里的烟。

车窗缓缓摇下，我看着他问：“是付先生要您来监督我的吗？”

他神情淡漠地说：“付先生现在信任你，不用派人监督你。”

“是啊，付先生现在信任我，什么事儿都让我去做，还让我帮她约一个女孩子。是我的校友。”我双眼无神地看着一个地方，语气里有些疲惫、有些无助。

方宇维说：“在付先生面前做一件事情，尽心比成功更能取得他的信任。只要让付先生看到你是在真心为他做事就好了，对于信任的人，他可以给予很多次机会。”

我笑了一声，关切地说：“多谢啊，天气冷，今天又是除夕夜，不要在外面待太久了。”

他沉默着，没有说话。

我无奈地笑笑，说：“再见。”

然后，我转过身，把没有拉拉链的羽绒服紧紧地裹了起来。我抱着自己，慢慢地往小区里走去。

那晚，哥哥的车停在楼下，一夜未离开。

到了开学的时候，我给老张打电话，我直话直说，我已经卷入了女性失踪案，为了保证案子不出意外，警校是暂时回不去了。

老张在电话里说：“我都知道了，没关系。保护好自己。”

我一皱眉，他知道了？不过我没有再问那么多。

我来到了理工大学，成了这里的一名“学生”。

在当初恶搞路遥和庞阳的社团活动室里，我叫来了路遥、庞阳、蓝小贝，将付秋衡要我做的事情一五一十地告诉了他们。

蓝小贝惊讶地捂住嘴，说：“那天……那天我跟胖样儿去看路遥，然后顺便在楼下超市买些吃的东西，那个人、那个人为什么会看上我？”

“不知道，但肯定没好事。”我扭头看向庞阳，问，“从现在开始，你要保护好蓝小贝，就算是我要带蓝小贝走，你也要从中阻止我，不惜一切代价，你做得到吗？”

坐在桌上的庞阳站起来，说：“筱筱姐，别的胖样儿不敢说能做得多好，但是与贝贝有关的，我一定竭尽全力。”

“那就好。”我又转向路遥，问，“你还去Dashing做兼职吗？”

“去啊，不是说了塑造一个死皮赖脸缠着你不放的形象吗？”路遥连忙说，生怕我一下子不同意，让他哪儿凉快待哪儿去。

我说：“你不用塑造，你就是这样的人。”

路遥一听，自豪感顿生，头一昂，道：“那是。”

“哎哟，撒狗粮了。”蓝小贝怪异地看着我和路遥，我给她一栗暴，问，“你是单身狗吗？你跟胖样儿不是挺恩爱的吗？”

“哎呀筱筱。”蓝小贝一把抱住我的胳膊，害羞起来。

“行了，别蹭了，大家一起商量个对策吧。”我招呼着大伙儿，付秋衡想见蓝小贝，要怎么样才能做到既让他见不了又不会怀疑我呢？

我们必须得将对策好好商量出来。

【3】

半个月后，我跟付秋衡发短信，我已经约到蓝小贝了，让他定个时间和地点见面。很快，付秋衡就把时间地点发给我了，并说会派人来学校接我跟蓝小贝。

到了那一天下午，天气十分不好，乌云重重。我跟蓝小贝站在校门口等着来接我们的人，一直等到下雨。

半个小时后，红色的马自达停在了我们面前。我惊讶地看着驾驶座上戴着口罩的方宇维，问："是你来接我们？"

"上车。"他说。

我连忙将蓝小贝塞进后座上，自己也赶紧坐了下去。

方宇维扭头说："安全带系好，天气恶劣，开车比较危险。"

我点点头，给自己系好安全带，又帮蓝小贝系好了安全带。

雨势很大，天色较暗，雨刷在挡风玻璃上规律地滑动。我望着车窗外模糊的街景和拥挤的人群，担心地问："会不会迟到？"

"不会。"方宇维到了前面一个路口，将车往左边小道驶去。

蓝小贝抓着我的手，害怕地问："筱筱，这么走是对的吗？我好害怕啊，你不是说带我去见一个特别厉害的朋友吗？要走多久啊。"

"没事儿。"我拍拍蓝小贝的胳膊，道，"咱们听维三哥的，他可是付先生身边最信任的人。"

“好吧。”蓝小贝靠着我，有些委屈似的说。

方宇维开着车穿过几条小街，上了石马立交。我手里握着手机，上面的定位正随着这边走过来。我之前让路遥联系郭楠，想办法找人制造一场轻微的车祸，如果我受了伤，就可以不用带蓝小贝去见付秋衡了，虽是权宜之计，但好过送蓝小贝入虎口。

可是现在驾车的是哥哥，如果制造车祸引来交警，被警方通缉的哥哥就十分危险了。我还无法确保哥哥是否为警方卧底，我不敢冒险。

车子缓缓下了石马立交，外面的风雨越来越大，我抱着蓝小贝，盯着外面的情形。

车子忽然停下，方宇维骂了一句该死，然后狂按喇叭。

前面的大卡车闪着尾灯，一直停在那儿没走。方宇维焦虑之间，付秋衡打来了电话。

“喂，付先生。在车上，很快就到了。”方宇维的话还没说完，前面的大卡车忽然往后一倒车，撞上了马自达。

一阵剧烈的抖动，蓝小贝吓得尖叫地躲在我怀里，方宇维没留意，手机掉落下去，脑袋差点儿磕在方向盘上。我心下一紧张，一声“哥哥”脱口而出。

蓝小贝惊讶地抬起头看着我，又看了看坐在前面的方宇维。

方宇维拨动档位，想从大卡车旁边插过去。

我看了看外面，说：“不行，不能这么走，太危险了。”

“不能准时到达付先生身边才危险。”方宇维解下安全带打开车门下去，想看看前路到底发生了什么。

我看着手机上的地图，发现前面是一段高度斜坡，这大卡车卡在这里，许是上不了坡了。等了一会儿，大卡车终于缓缓启动，方宇维回到车内，打算跟上去，谁料车子还没启动，就看到大卡车从坡上滑了下来。

“该死！”方宇维啐了一口，打转方向盘打算躲过。我抱紧蓝小贝，紧紧闭着眼睛。

可是，马自达调转方向时，大卡车就已经滑下坡底，重重地撞击在车身上。我将蓝小贝的脑袋紧紧护在怀里，耳边传来玻璃破裂的声音。

车子的震荡让我陷入了短暂的晕眩中，怀中蓝小贝瑟瑟发抖地抱着我，我晃了晃脑袋，轻轻拍了拍耳朵。有些耳鸣，听不见四周的声音。

忽然，有人打开车门，吃力地将我拉了出去。

对方捧着我的脸，张口叫着什么，我脑海里迷迷糊糊的，但我看出他的口型，他在叫筱筱。

“哥哥……”我喃喃道，眉上的疼痛感渐渐地引出我的意识，我伸手一抹疼痛处，手心里沾了些许的黏稠液体。

是玻璃碎片划伤的吧。

我意识渐渐回笼，念道：“贝贝……”

方宇维扶着我站好，转身进去将蓝小贝带了出来。

“筱筱，筱筱你没事儿吧？”蓝小贝看着我额头上的一片殷红，紧张地抓住我的双臂。我无力一笑，摇了摇头说，“没事儿。”

方宇维拿出一张名片递给蓝小贝，说：“带她去这里，现在就走。”

蓝小贝拿过名片，有些不知所措，但最后还是扶着我走出堵车的路段，拦了辆车往名片上的地址赶去。

这个地址是Dashing俊颜馆。

靳蓉的办公室里，她一边给我的伤口包扎上药一边责怪："维三哥也真是的，这么不小心。你看看，这么大的伤口，肯定会留明显的疤的，年纪轻轻的小姑娘，长得又好看，恋爱也没谈，就这样留下一条疤，多不值当啊！"

"都怪我，筱筱是为了保护我才受伤的。"蓝小贝在身边绞着手指，自责的样子马上就要哭了起来。

我忙伸出手挡住她的眼泪，道："你可别哭，你不能有什么事。你快给庞阳打电话，让他接你回去。"

"他们就在楼下。"靳蓉捧正我的脸，说，"你别乱动，后面的事情你放心好了。"

靳蓉总是会知道一些我不曾说出去的秘密，我已经习惯了，没有多问一句。

我朝蓝小贝使眼色让她赶紧下楼去找庞阳，蓝小贝谨记我的以大局为重，纵有再多担心，也只能下楼跟着庞阳回去。

蓝小贝走后没多久，付秋衡跟方宇维就过来了。靳蓉已经替我包扎好了伤口，我在她的办公室里休息，见到付秋衡过来了，我连忙起身："付先生。"

“坐下。”付秋衡按住我的肩膀，随即抬起我的下巴看了看包扎起来的地方，皱起眉，“维三已经跟我说了，你没事就好。”

“对不起付先生，没有好好完成你交代的事情。”我愧疚道。

“没关系，这件事情你不用操心了。”付秋衡直起身子，扭头对靳蓉道，“照顾好她。”

“会的。”靳蓉说。

付秋衡点点头，看向方宇维，神色严肃起来：“回去说。”

方宇维微微欠身，跟着付秋衡离开了。我望向他们离开的方向，双手撑着椅子的扶手想要站起来，靳蓉按住我，道：“别乱动。”

我看向靳蓉，担心道：“他不会有事吧？”

“你担心你自己好了。”靳蓉将医药箱收起来，放回到柜子里。

这时，门边忽然出现一个人影，我扭头一看，是路遥。这么晚了，他也在这里？

靳蓉收好医药箱时扭头看着我们，说：“你们有话先谈吧，我暂时先回避。”

说着，她走出办公室，顺带关上了门。

路遥走过来，拿了张凳子坐在我面前，叹了口气说：“就知道制造车祸会出事，你没事儿吧你？”他嗔怪着，想要伸手抚摸我的伤口，却又怕碰疼了我。

“天哪！那辆卡车真是你们安排的啊？”我吃惊道，旋即笑了起来。

“你还笑！”路遥朝我凶道，“那个叫郭楠的也太不靠谱了吧？直接叫了个没考驾照的家伙过来开车上坡，好歹也找个老手，知道分寸。”

“哎呀你别怪他，他背着老张帮我的忙已经冒了很大的风险了。”我抓着路遥的手请求道，然后又充满兴趣地问，“接下来呢？你们是怎么处理的？”

路遥白了我一眼，不省心地说：“交警来了呗，这件事是大卡车的全责，不过郭楠很快就解决好了，没什么事儿。”

我吐了口气，心里想，这许多事情堆积起来，警方不可能什么都不知道。我身为警校学生没有去上课，陷入这样一件年度大案里却一切都做得这么顺利，身后不可能没有后盾，如果有的话，这个后盾一定就是警方无疑了。

想到这里，我闭上眼，双手合十，虔诚地说：“感谢祖国，感谢人民警察。”

“你念叨什么呢。”路遥拍了拍我合十的双手。

“没什么。”我看着路遥，正经起来，语重心长地说，“路遥，你也看见了，付秋衡已经在怀疑你了，因为你他们又找到了蓝小贝，我在想，为了安全起见，你以后不要在这里做兼职了。”

路遥不经思考地反驳了我的提议，在我的意料之中。

“你别这样好不好？”我为难地说。

“你别这样好不好，说好的同甘苦共患难呢。”路遥特意加重“你”的咬字，态度坚决。

我解释道：“可你是这件事无关紧要的人，就像蓝小贝一样，我不能让你们陷入危险啊。咱们陷进来的人其中一个一旦有危险，就会牵连到其他人，你明白吗？”

“不明白！”路遥固执地问，“我是这件事无关紧要的人，那对你来说呢？我是你有关紧要的还是无关紧要的？我都已经走到这一步了，你想让我回去吗？”

“你这人别拐这么大的弯儿，我也是担心你好不好，我在这里我自己都感觉命悬一线的，要是你出什么事了，我怎么跟你爷爷奶奶、爸爸妈妈、七大姑八大姨交代啊。”我划着重点跟路遥讲，路遥却无动于衷，偏要跟我作对。

我见跟他说不清，一恼，大声喊道：“靳蓉姐！”

靳蓉打开门，往里面一探头，问：“咋了？”

“路遥性骚扰女员工，请你解雇他。”我将莫须有的罪名强加在路遥头上，路遥一惊，站起来道，“方语筱，你！”

靳蓉倒吸一口气，故意捂着嘴，说：“其实你们都是成年人，路遥骚扰你，我不管的。”

我说：“可路遥对我性骚扰未遂，肯定还会去毒害其他女员工。靳蓉姐，找一堆女员工容易呢？还是重新找一个代客泊车的男员工容易呢？”

“找男员工容易。”靳蓉若有所思地点点头。

路遥的眼睛瞪得越来越大，指着我气急败坏地说：“方语筱你胡编乱造的本事真是一流啊！行，我走！走了之后你别求我回来！”然后，他像自尊心受挫了一般气呼呼地甩门而去。

靳蓉看向我，耸了耸肩，我回她一个耸肩，没有追上去。

现在让路遥气一会儿，等案子结束了我再亲自厚脸皮地去给他道歉。我这么想着，一整颗心也放了下来。

但是，我万万没想到啊！

万万没想到我第二天下午来上班的时候竟然看见杨一飞带着路遥穿金戴银地在前台拿着银行卡，趾高气扬地说："给大爷我俩办两张VIP卡。"

我惊得眼珠子都快掉了出来，末了，杨一飞搂着路遥妩媚地朝我走过来，伸出兰花指指指我，说："你，一会儿来伺候我跟我宝贝儿。"说着，他还用指头勾了一下路遥的脸。

我咽了下口水，说："哦。"

路遥跟着杨一飞七扭八扭地往SPA室走去，末了，回头朝我做了个鬼脸，风骚至极。

仿佛在挑衅："方语筱，甩啊，你再甩了老子试试看。"

我浑身一阵哆嗦，连忙跑去更衣室换衣服。

这些不知天高地厚的毛小子，真是让人头疼。

【4】

不过他们虽然不知天高地厚，但好在这几天都安然无恙。因为一连好几天，付秋衡也都没有来过Dashing了。

这天，我忽然收到一条陌生号码发来的短信，上面提醒我让蓝小贝注意安全。我心里"咯噔"一下，忽然想起付秋衡上次说的话。

他让我不要管蓝小贝这件事情了，难道他派其他的人去绑架蓝小贝了？如是这样，就太危险了！

我连忙给蓝小贝打电话，可无论如何都无人接听。我脑海里又想起昔日为让我立功，路遥他们策划了绑架蓝小贝的假案，我心里慌张起来，千万不可应验。

我转而给庞阳打了个电话过去，一接通我就问："庞阳你在哪儿？蓝小贝呢！"

"筱筱啊，我们都在电影院呢，我现在在男厕，贝贝也上厕所去了。怎么？有事吗？"

我一拍额头，急道："现在立刻马上！去女厕所把蓝小贝给我带出来，你们俩不能分开，哪怕一秒都不行！"

"哦，好……我这就去。"庞阳说着挂了电话，我看着退出了通话界面的手机，大骂庞阳白痴。我又迅速翻到通话记录，准备再给庞阳打去电话，可这次提示关机了。

"白痴啊！出去玩不知道手机要保持开机状态啊！"我大骂道，然后迅速点开朋友圈，蓝小贝喜欢发朋友圈，在她的朋友圈里一定能看到相关的消息。

找到蓝小贝晒的票根，在杨家坪附近的大地影院。

又是杨家坪？心里不安的感觉慢慢扩大。

我来不及跟靳蓉打招呼就下楼拦了出租车往那边赶过去，蓝小贝的电话还是无人接听，这家伙看电影一定调成静音了。

路遥方知语

冷静，方语筱，我按着胸口，强迫自己不要太急躁。也许只是巧合，她并没有看到我的来电。

十几分钟后，出租车停在商场楼下，我一下车就往电影院的楼层奔去。就在这时，我忽然接到了蓝小贝的电话，我刚一接通，电话那边就传来了蓝小贝的惊叫声：“筱筱——啊——”紧接着，是重物砸损玻璃的声音，有汽车防盗器的声音传来。

那边的电话“啪嗒”一声落在地上，我手心一凉，连忙往地下停车场跑去。是那里没错，破碎的玻璃声和汽车防盗器的声音告诉我一定是在商场的停车场！

我跑下负一楼，在楼梯口那里打开火灾报警按钮，一时间，整个停车场都响起了报警器的声音。

不远处传来蓝小贝吓哭的声音，我寻着声音跑过去，看到蓝小贝抱着受伤的庞阳蜷缩在一边，有两个身着电影院制服的男人正环顾四周，不知报警器为何会响。

我那时来不及思考太多，冲上去就与二人格斗起来。停车场的报警器一响，他们不敢久留也无心恋战，寻着机会想要离开。

我不能让他们离开，我扯下身上的挎包，丢向欲逃跑的其中一人，长长的带子缠过他的脖子，我用力将他往后一拽，旋即勒紧他的脖子将他按在地上不能动弹。

我扭头望着逃跑掉的另一个人，心里不安起来：“糟糕……”

那人刚逃走，便有保安和商场负责人员跑了过来。他们协助我报了警，将抓住的其中一人交给了警察，救护车赶到这里带走了庞阳，蓝小贝后怕地看着庞阳被带上救护车，想要跟着一起去。

我走过去抱着蓝小贝，不停地抚摸着被吓坏的她的后背，说："没事儿的，我陪你一起去看庞阳。"

蓝小贝点点头，拉着我的手在不住地颤抖。

我心里自责，若非因我，蓝小贝和庞阳怎么会出事呢？

把蓝小贝送到医院后，等到医生说庞阳脱离了生命危险，蓝小贝才在劫后余生后开口说了第一句话。她坐在床边，捧着庞阳的手，哭着请求他快快醒过来。

我在病房外接到杨梦繁的电话，她说被抓的那个人招供了，他化身成电影院的工作人员以"庞阳"为由，将蓝小贝骗到了停车场。不过那人死活不愿意说出背后主使是谁。

我冷笑一声，除了付秋衡还有谁？

我让杨梦繁过来帮我照看一下蓝小贝，我要确保一下其他人的安全，杨梦繁同意了。

挂上电话，路遥的号码还没拨出去，靳蓉就来电了。电话里，靳蓉问："筱筱，你在哪里？你现在能来Dashing吗？我有话要跟你说。你一个人来。"

靳蓉声音里的小心翼翼令我警惕起来，可我到底该去还是不该去？如果是付秋衡逼着靳蓉让我过去的话，那靳蓉一定会有危险。

我说："好，靳蓉姐，我马上到。"

我挂上电话，知道自己的身份在付秋衡身边瞒不住了。

接下来的硬仗是面对面地打，结局如何，凭天而定吧。

【5】

Dashing的楼下，我看到了杨一飞的车。本想装作没看见地上楼去，杨一飞却忽然叫住了我。我扭头，冲着开门下来的杨一飞使了个眼色，微微摇了摇头，杨一飞一愣，没有跟上来。

店里的气氛怪怪的，没有一个人。

来到三楼的时候，我看见付秋衡坐在沙发上，旁边站了一排人，包括哥哥。靳蓉两只手交叠在小腹前，站在付秋衡面前微微俯着身体。

我走到靳蓉身边，看向付秋衡："付先生。"

"方小姐刚刚去哪儿了？"付秋衡抽了一口烟，眉眼含笑地看着我。

他称呼我为方小姐。

我不动声色地说："刚刚去见一个朋友了。"

"见朋友？"付秋衡冥思了一会儿，说，"刚好我有个朋友也见过你，不知道你们俩熟不熟。"他的话音刚落，一个西装男子就站了出来，我认得他，他就是在停车场逃跑的那个人。

我不知道脸上的表情是否还撑得住内心的波涛，我承认道："这个人，我见过。"

付秋衡笑了一声，变换了下坐姿，说："方小姐身手还不错嘛，警校学的？"

我双腿发软，手指不安地扯着包包，心里零落的词组在不停地打着结，我不知道该怎么说。

付秋衡脸色渐渐变得冷了下去，他将视线移到靳蓉身上，我明显感觉到了靳蓉的紧张。他问："靳老板，这可是你的人啊，你说，咱俩认识这么久了，你居然找了一个警校的学生安排在我身边？"

"付先生，我事先真不知道她是警校的，如果我知道，就不会让她来这里工作了。付先生，您是知道的，我们认识了一年多，我从来对您都是忠心耿耿的。"靳蓉连忙解释起来。

付秋衡用手指刮着下巴上的胡楂，笑得意味深长："可是靳老板，刚刚方语筱接到你的电话可是马上赶过来了，若不是为了你的安危着想，她有必要以身犯险吗？"

靳蓉愣住，无话可接。

我打断付先生的话，道："付先生，我赶过来是作为一个警校学生的素养，不能牵连其他的人面临危险。"

此话一出，付秋衡藏着笑意的眉眼瞬间变得冷冽起来。他眼神中带着可怖的光芒，问："你承认了？"

"没什么不好承认的，这些日子承蒙付先生照顾。"我面无表情，给付秋衡鞠了个躬。

我已经找不到退路，一切只能听天由命。

付秋衡冷笑一声，道："有种，我欣赏。"他站起来，手从兜里伸了出来，我看见他食指上套着一把冰冷的手枪，我脸色一变，不由自主地往后退了一步，付秋衡的两个手下便上来按住了我的肩膀。

付秋衡将手枪甩到靳蓉的跟前，说："既然你说这件事与你无关，那么开枪杀了她，我就信你。"

"付先生，在这里开枪会引来警察的。"哥哥在一边对付秋衡说。

"消音器也会引来警察吗？"付秋衡挑了挑眉，看着靳蓉说，"动手，我不想听第二遍。"

我的心脏几乎快要破体而出，气氛很压抑，我有些喘不过气。靳蓉颤抖地弯腰下去捡起手枪，高跟鞋在木质的地板上发出空空的声音，她走到付秋衡身边看着我，眸中有泪光。

"动手。"付秋衡逼她。

靳蓉双手举起手枪，手一直抖个不停，她掉下眼泪，眼妆有些晕染。她说："对不起。"然后，手指在扳机上，始终扣不下来。

"动手！"付秋衡拔高了声音，我望着那黑乎乎的枪口，慢慢扭过头，绝望地闭上了眼睛。

我不知道自己的生命是不是就此终结在这里，我脑海里全是我想去完成却未完成的事情。我有些不甘心。

"对不起！"靳蓉忽然大声说道，我绝望之际，忽然听见了楼下传来的警笛声。然后，在我睁眼的片刻，左肩一阵剧痛穿过，整个身体瞬间变得麻木起来。

抓着我的人瞬间松开我，我无力地躺在地上，伸出颤抖的手按住了不停流血的左肩。

“怎么会有警察？”

“付先生，警察来了！我们怎么办？”

“付先生，对不起，我被警笛声吓着了，我……我……付先生，我有办法带你们走，请跟我走。”

我无力地翻了个身，视线变得模糊起来。我只看见有人慌不择路地跑着，全都忽视了我。慌乱的脚步声由杂乱变得有序，然后慢慢消失。

我的意识一点点被疼痛感吞噬，我躺在地上，想要呼救，却发现自己完全发不出一句声音。旁边有电梯开门的声音，在我的脑海里变得空灵遥远，宛如一个梦境。

有人在焦急地喊着我的名字，他将我拦腰抱起，往不知名的方向奔跑而去。

在他的怀里，我渐渐失去了所有知觉。

我宛若置身梦境，睁不开眼，却能清晰感觉到恐惧在一点点蔓延我的全身。

梦境里，我呼唤着每个人的名字，却没有一个人回应我。我想要拼命地醒过来，却无济于事。

噩梦一遍又一遍地侵蚀着我的大脑，我始终逃不开这个被围困的地方。不知道这样的感觉持续了多久，在忽然的一天，我听到了有人在叫我的名字，很多很多的人。

我的大脑像是要被炸开了一样疼痛，浑身酥软无力。叫我名字的声音越来越大、越来越清晰，我能渐渐分辨出来谁是谁，有爸爸妈妈、有路遥、有蓝小贝，有我认识的每一个人……

不知道什么时候，我慢慢地苏醒了过来，睁开眼的时候，一片刺目的白色光芒投射过来。整个世界都是白茫茫的一片。

有一个少年见我醒来，连忙凑到我面前，他眼中是一片湿润的光芒。

“嘀嗒”一声，有滚烫的眼泪落在我的氧气罩上，少年温柔又急切的声音传来。

他喊我：“筱筱……”

第九章

我是路遥，不要忘记我

路遥方知语

【1】

“筱筱……”

我睁开疲惫的眼皮，微微启唇，可呼出的是大团大团的白色气体，说不出一句话来。

四周是模糊的喊声，有医生跑过来对我检查了一番，扭头对他们说：“病人脱离危险了。”

是吗？原来我还没有死。

我昏昏沉沉的，又一次睡了过去。这次我睡得出奇得安稳，就像是在冰冷的海底，有一个什么东西一直在拥着我，让我觉得温暖、安心。

再醒过来的时候是深夜，病房里灯光如炽，窗外黑夜如墨。

我的氧气罩已经被拿开，目光下移时，看见了趴在床边握着我手的路遥，左侧沙发上还坐着撑着脸颊浅眠的靳蓉。

我不敢惊动他们，只能动也不动地躺在病床上。我左肩中了枪，此刻有隐隐的麻痛，不太真切。

睡着的路遥呓语了几句，抓着我的手翻了个面儿躺在我的手上，靳蓉听到声音，敏感地醒了过来。她一见我已经苏醒，惊讶地站起来想要喊医生，我朝她做了个噤声的动作，指了指路遥。

靳蓉走过来，蹲在我面前，她伸手揉着我的头发，眼眶里成雾，她抿抿唇，轻声道："醒了就好。对不起，筱筱。"

我转过脸，看向靳蓉，语气里有殷切的探索，我问："靳蓉姐姐，那个人是我哥哥对不对？我哥哥他不是坏人。"

靳蓉轻轻拍拍我的脑袋，笑得有些苦涩，她说："你好好休息，天一亮，我让他来看你。"

"好。"我怕让靳蓉担心，努力挤出一个微笑，靳蓉帮我擦去眼角的泪水，轻声道，"休息吧。天亮了就好了。"

我闭上双眼，沾湿的睫毛在微微颤抖。

很小的时候，只要我一做噩梦，哥哥就会从隔壁房间里快速地跑过来。他坐在我床边，一边哄我一边说："睡吧，睡着了就不怕了，天亮了就好了。"

有他在，我总是变得越来越勇敢。

这一次，天亮了，一切也都会好的吧？

我沉沉地睡去，一夜无梦。

路遥方知语

第二天上午，我醒了过来。窗外枝丫在春分时节新发了绿叶，玻璃窗上沾着透明的水珠，一切像下过雨后的场景。

病房里空空的，我撑着床铺坐起来，不小心拉上了左肩上的伤口。

这时，病房门被推开，路遥拿着一个水壶走了进来，他一看我坐起来，忙哎呀呀地走过来将水壶放下，扶着我给我后腰垫了个枕头，说："筱筱你醒了？你怎么一点预兆都没有就醒了，吓死我了，你这爬起来伤口没事吧？给我看看。"

路遥说着要伸手查看我的伤口，我一拍他的贼手，嗔道："去，一边儿去。"

路遥坐下，用水壶往脸盆里倒着热水，浸湿了毛巾。他将毛巾拿起来说："来，给你洗个脸。"

"我自己来。"我伸手去接。

路遥躲过，非要替我擦，说："医生说你不能乱动，这几天都是我帮你擦的，别不好意思，反正你该看的不该看的我都看了。"

"路遥你闭嘴，我刚一醒来你这嘴巴就长泡了，净胡说。"我佯装怒气，一脸的不悦。

路遥没有理我，将热乎乎的毛巾一下子搭我脸上，我还没来得及反抗，他就按住我的手说："别乱动，有伤。"

然后，他用手隔着毛巾在我脸上按了按，慢慢将毛巾像撕面膜一样取下来，笑着说："洗完了真好看。"

我皱着眉，深深地垂下头，脸上一片绯红。

路遥又浸湿了毛巾拧干，坐在我旁边说："来，擦擦手。"

我乖乖地将手递出去，路遥细心地帮我擦拭着。

"是不是感觉像在照顾瘫痪在床的老伴儿呀？"路遥贱兮兮地问，我闻言，抽出手迅速地在路遥的手背拍了一巴掌，那清脆，很是酸爽。

路遥捂着泛红的手背，咬着唇，一声不吭地继续给我擦拭另一只手。

这时，病房外有人敲了敲门。随即，靳蓉带着哥哥走了进来。

我浑身一僵，怔怔地看着哥哥，他的神情终于不似之前的那么冷漠，我终于在他的眸光里看到了当年的温柔。

路遥见此情景，站起来说："我先出去吧。"然后，他离开了病房，靳蓉也离开了。

哥哥拿了张椅子在我旁边坐下，他的目光落在我的伤口上，又望向我，问："还疼吗？筱筱。"

我鼻子一酸，眼泪大颗大颗地往下掉，我连忙摇了摇头，说："我不疼了。"

哥哥笑着帮我拭去眼泪，自言自语地说："真是的，还跟小时候一样爱哭。"

我掀开棉被，想要爬起来，哥哥见状，微微起身想过来扶着我，我跪在床上，伸手绕过哥哥的脖子，紧紧地抱住了他。哥哥一怔，旋即温柔地拍拍我后背，问："怎么了？筱筱。"

我破涕为笑，说不上来是感动还是高兴，我含着哭腔，说："我就知道你不是真的跟那个付秋衡一起的，我就知道你是我的哥哥，哥哥……对不起，让你离开我们那么久，我现在才找到你，我好没用啊……"

哥哥揉了揉我的头发，小心地扶着我让我坐好。他坐回去，握着我的手，笑道："早知道你这么固执又这么勇敢，我当初就不让他们给你出难题了。"

"他们？"我不解地问道。

哥哥微微扭头，看着病房门上的小玻璃口外面一缕卷卷的长发，回过头来对我说："筱筱，八年前我摔下悬崖的时候，就是蓉儿和她的老师救了我。"

靳蓉救的哥哥？虽然以往我总有这样的猜测，却始终不知道真相。

哥哥回想起过往，慢慢地给我讲起以前的故事。

【2】

八年前的某天，二十岁的靳蓉跟随植物学老师来到深山底下采集植物做标本，然而，他们没有采集到植物，却遇见了从山上摔下来的哥哥。

老师那时还说："这个人从这么高的地方摔下来还存活着，简直是个奇迹。"

老师跟靳蓉将哥哥带了回去，原本想报警的靳蓉在第二天看到了有关山路追击劫匪致使某实习警察坠落悬崖的新闻时，为了哥哥的安全，她暂时没有报警。

靳蓉将哥哥送到亲戚家的一所医院治疗，一治疗就是整整四年。哥哥脸上、身上的皮肤有大面积的刮伤、蹭伤，右腿更是摔断，连医生都说他以后只能依靠拐杖行走。

那四年里，是靳蓉寸步不离地照顾哥哥，并为他加油打气，陪他慢慢地将所谓的不可能站起变成一个奇迹。

每每哥哥想要放弃的时候，靳蓉都会说："你连鬼门关都回来了，还怕这一点困难吗？"

靳蓉用自己最青春、最美好的年华来陪伴着有可能成为残疾人的自己，哥哥不想让她失望。于是，为了自己，也为了靳蓉，他用了前所未有的勇气，甩掉了拐杖，终于像一个正常人一样行走。

哥哥的腿好后，第一件事情就是带着靳蓉回去找爸爸妈妈。但是爸爸妈妈还没找到，他们便遇到了一起儿童拐卖案，哥哥的责任感使然，帮助警方一起破解了案件。

警方了解他的身份后都惊讶不已，因为在他们的世界里，实习警察方宇维已经去世了，在四年前那起恶劣的抢劫绑架案里，坠下了深深的悬崖，连尸体都找不到。

哥哥说明了来龙去脉，大家都唏嘘不已。

后来，警方受儿童拐卖案的启发，与哥哥签订了一份协议。他们希望哥哥能以不同的造型与身份潜伏到棘手案件当中，成为警方的卧底，与警方里应外合解决案件。

哥哥思索良久，同意了。因为当警察，惩恶扬善，是他一直以来的梦想。他希望警方能随时帮他暗地里保护家人的安全，让他没有后顾之忧。而为了做好卧底，哥哥忍痛不能与我们相认，每次想我们的时候，只能将车停在小区门口，看看我们的家。

而关于付秋衡的这件案子，哥哥没想到会牵连到我。于是他拜托警方拒绝我加入精英训练营，为的就是不想让我身陷危险。

没想到他做了这么多保护措施，我还是被卷进来了。没办法，他只能拜托警方与老张在背后保护我，让我没有后顾之忧。

“可是，你之前是怎么卷入这起绑架案的？”听哥哥说完这些后，我不解地问道。

“14年吧，靳蓉在Dashing见朋友的时候，无意间听到了付秋衡策划绑架的计划，于是回来告诉我了。然后，为了配合警方查案，蓉儿代替了朋友的身份成了Dashing的老板。我也想办法混到了付秋衡身边，但是付秋衡这个人表面上看上去信任我，其实他只相信他自己，到现在，我都没有找到关于他犯罪的有力证据。”哥哥有些自责，说，“还害你受了伤，筱筱，你不该跟我一样的。”

我摇摇头，反驳道：“哥，现在说这些没用。我已经走到这一步了，我跟你一样，肩上有使命感了，我现在只能前进，不能后退。”

“我知道，我怎么会不知道呢？”哥哥安慰着我，说，“所以正因为这样，哥哥才会比以前更谨慎。”

我点点头，旋即又想到了什么，忙问：“那付秋衡对你和靳蓉姐起疑心了吗？”

哥哥说：“不确定，即使没有起疑心，也不可能像以前那样相处了，多少会有所戒备。现在付秋衡做事更加缜密了，就算是我也很难清楚他到底在做什么。”

“现在最有用的方法，恐怕就是入虎口打探了。哥哥，我养伤的这段日子你们一定要派人保护好蓝小贝。”

“我明白，跟这件事有关的人，我们都安排了人暗中保护。”哥哥宽心地说。

这时，门外忽然传来了路遥和靳蓉的声音：“叔叔阿姨，你们来看筱筱了。”

“是爸妈！”我紧张起来，哥哥按住我的手让我别紧张，他缓缓地站起来，面向着门口。

门被打开，爸爸妈妈提着水果走了进来。当看到哥哥的时候，他们的身体如被定住，神情震惊不已。水果袋从他们手中滑落，一袋子的水果咕噜噜地在病房的地板上滚开。

“维……维维……”妈妈颤抖地举起手，望向哥哥的眸中蓄满了眼泪。我知她心情，如我当初一般无法置信。

哥哥紧紧皱着眉头，一开口声音便颤抖不已，他喊：“妈、爸……”

“维维啊……”妈妈走过来，抓着哥哥的手不停地看着他，好似怕这是一场梦境，梦醒了，人就会走。

“妈，是我，是方宇维。”哥哥抱着颤抖的妈妈，可怀中的母亲已泣不成声。

哥哥安慰了好久才将妈妈的心情平复一点，他带着妈妈走到爸爸身边，说：“爸，不要打扰筱筱休息。我们找个地方，我把这些事情全部告诉你们。”然后，他看向靳蓉，说，“蓉儿也过来。”

靳蓉点点头，跟在哥哥身后离开。

在门口站了半晌的路遥反应过来，忙将地上的水果捡起来，边捡边说：“筱筱，你们一家终于团聚了，太好了。”

“可是案子还没有结束，我不知怎么的，高兴不起来。”我有些不放心，沉重地说着。

路遥坐在床边，帮我剥了根香蕉递给我：“吃。”

我也饿了，拿过来就吃了。路遥笑着说：“案子没有破的话，有什么关系呢？此时此刻，有什么比破碎的家庭在八年后终于重聚更加重要和值得高兴的？”

我抬起眸子望向路遥，路遥眨眨眼，跟个神经病似的比着剪刀手，发出了“呀咪”的声音。

我嘴里包着香蕉，差点儿笑喷。

路遥拍着我的后背，说："慢点儿吃慢点儿吃，我知道我可爱，你爱我已经爱到欲罢不能了。"

我将香蕉咽下喉咙，说："谢谢你啊，路遥。"

"不客气。"路遥端正地坐着，回了我一个大大的笑脸。

【3】

后来，在路遥的口中我才得知，我中枪后昏迷了四天。他跟靳蓉轮流来照顾我，因为枪伤因靳蓉而起，她一直十分自责。

我心里没有责怪靳蓉，我知道她要保护哥哥，要顾全大局，所以身不由己。更何况，她也故意被警笛声吓到，将那颗子弹打偏在我的肩上。

至于谁报的警，路遥在说这句话的时候拍拍胸脯，自豪地说："我让杨一飞报的警，怎么样？我厉害吧！我跟你说啊筱筱，幸好我跟杨一飞当时去Dashing了，不过当时我在厕所，只有杨一飞在楼下，他打电话跟我说觉察你有些不对，我心里立马警惕起来，让他去报警了。"

看着路遥一脸我最厉害的表情，我没忍住被他逗得哈哈大笑。

后来的日子，蓝小贝和路遥的一群室友也来看我了，他们在病房里吵吵闹闹的，将人家送给我的好吃的吃了一大半走。警校里的老张和一群好哥们跟姐们儿也都来过，他们说我在警校已经出名了，是个了不起的英雄，就连花潇对我的态度也没了之前的敌意。

可是，我才不想当什么英雄，毕竟人怕出名猪怕壮。

在医院休养了一段日子，我身上的伤也好多了，爸妈正在跟我盘算出院的事情时，精英训练营的指挥员就来病房看我了。

当我看到指挥员提着一篮子水果以及后边跟着捧着鲜花的刘昊时，我整个人都呆住了。

“方语筱同志，表现得不错呀。”指挥员将水果篮放下，指着我笑道。我连忙从病床上爬起来，对指挥员鞠躬道，“别……我、我就只是一小小警校学生，担不起。”

“担得起。”指挥员笑盈盈道，“你可是这一届同学间的榜样，更何况，你现在已经不只是警校学生这种身份那么简单了。”

我在训练营见过指挥员一面，总是冷冰冰的，难得有这样的笑脸。

“哪里只是同学间的榜样，还是我们这种学长学姐的榜样呢。”刘昊在旁边酸酸地说，然后将手里的鲜花递给我，说，“喏，师妹，以前对不住了。”

“学……学长，这……”我稀里糊涂地接过鲜花，问，“这个……是怎么回事啊？”

“你在付秋衡案子里所做的一切我们大家都知道了，所以我这次过来，是特地邀请你加入精英训练营的，不知道你还愿不愿意。”指挥员站得端端正正的，认真地问我。

我茫然地看看指挥员，又看看刘昊，刘昊用眼神示意我赶快答话。我激动地口齿不清地说：“我、我当然愿意啊，我……这是我的荣幸，是我的运气，我怎么会不愿意呢？”

“你看吧指挥员，我就说师妹肯定答应。”刘昊在旁边抢着功劳，吹嘘道。

指挥员白了他一眼，说：“你那副德行，好好跟你师妹学习吧。”然后，他走到我面前，朝我伸出手，说，“那我们都在精英训练营等你啊，方语筱。”

“哎，好。”我忙伸出手与指挥员握了握，然后送他们离开。

我望着床头上的那篮水果，又看着手里的鲜花，确定自己这不是在做梦，一切都是真实的。

天哪，我这不到一年的时间到底是经历了怎样的跌宕起伏啊。

等我出院后，我整个人都还是蒙圈的。来到精英训练营的时候，营里为我办了一场欢迎会，每个人上来给我送鲜花，搞得我很不好意思。

就算在那时，我也还是蒙圈的。

渐渐接受现实是在高强度的训练下，杨梦繁担心我的伤势，让我不要太过逞强。没日没夜湿透的衣衫在提醒我，我现在已经身处精英训练营了，我随时有可能被派去调查各种突发案件。

只是，一直在我心上难以平复的案件，到现在都没有任何进展。哥哥那边传来消息，付秋衡的过度谨慎让他的调查得不到半点进展，但是肯定的是，丹华医院绝对有猫腻。

可是暗访的警察们去过丹华医院好几次，那儿是注册过的正经医院，里面的各项服务都是符合医学市场的。有警察调查过丹华的客户，也没有得到想要的结果。

指挥员召集精英训练营的学员过去，问我们对此有什么看法。

全场没有一个人说话，只有刘昊。他站起来说："我有一个办法，但十分冒险。"

指挥员让他继续说，刘昊看向我，欲言又止。我知刘昊心里所想，问："师哥的意思是让我冒险对吧？"

刘昊低着头，说："付秋衡现在肯定草木皆兵，不敢再实施绑架的计划。但是筱筱是他的死穴，因为筱筱已经知道了付秋衡的阴谋，当时在Dashing为了逃避警察的追捕，并不知道中枪的筱筱是生是死。所以，付秋衡一定会找人调查筱筱的生死，如果得知筱筱还活着，他们一定会对筱筱下手，既然他们会下手，不如我们送上门。"

"可这不是让筱筱送死吗？"杨梦繁反对道。

"不是的。"我坐在座位上，眼神一暗，道，"我也这样想过，但是我了解付秋衡，光我一个人，只怕不好骗过他。付秋衡最中意的猎物，另有其人。"

"你是说你那位叫蓝小贝的朋友？"指挥员问。

"是，对蓝小贝，付秋衡有势在必得的决心。"我抬起头，眉头皱得紧紧的，我说，"可是蓝小贝那么柔弱，付秋衡要她死就跟捏死一只蚂蚁那么简单。”

众人一阵沉默，是的，让一个手无缚鸡之力的柔弱女孩子当诱饵，实在是太危险。

那场会议上，我们都没有得到最后的一个结果，各自散去。

当天晚上，我在宿舍里写一些无关紧要的东西，蓝小贝的电话忽然打了过来。

电话里，蓝小贝轻声说：“筱筱，今天有个自称是你们指挥员的男人来找过我。”

我心里一紧，问：“他找你做什么？”

“我……”蓝小贝有些不知道怎么开口，说，“他说了很多话，我听不太明白。”

我手中的笔重重地触着桌面上的纸，我说：“不明白就不要想了，这些东西你不用知道。”

“筱筱。”蓝小贝没有直接回应我的话，我似乎看见她站在窗前，双手紧紧地握着手机，眼里闪着星光，鼓足勇气问我，“你会保护我的！对不对！”

我一怔，有些不明白蓝小贝为何这样说。

我听见她那边传来一声沉重的喘息声，她说：“虽然我没有听太明白，但我听清楚了他要我做什么。筱筱，你会保护我吗？跟小时候我被别人欺负，你像个守护神一样拦在我面前，帮我打退所有的坏人一样。”

就算是多年之后，我仍旧不能忘记蓝小贝当时说话时的认真与勇敢。我呆呆地听着她说话，半晌才红着眼睛道：“贝贝……”

蓝小贝长舒了一口气，转而带着一点俏皮地问我：“筱筱会保护我的，我相信筱筱。对不对？”

我不知道柔弱的蓝小贝要用怎样坚强的笑脸来掩盖内心的不安与恐惧，我抓紧了桌面上的纸张，将它攒成团在手心。

许久后，为了让蓝小贝安心，我说：“会的，会像以前、甚至比以前更卖力、更豁出去地保护你。我不会让你受一点伤害，一丁点！因为你是我唯一的朋友，我们说过白发苍苍的时候都要在一起。”

我咬着牙齿，眼眶盈盈却说得坚决。

“那就好了，这样我就什么也不怕了。”蓝小贝笑嘻嘻地对我说，末了，她长舒了口气，道，“今晚夜空真美啊。”

我起身，走到窗边，看着夜空中的星辰，说：“嗯，真美。”

【4】

最终，我们还是用了最危险的办法。

我跟蓝小贝当诱饵，为警方找到证据点和付秋衡活动的主要地点。

于是，我们的计划慢慢展开了。

KTV里，大家忙着跟杨一飞过生日，这个土豪把整个KTV都包了下来，真是钱没地方使。

洗手间里，我正在补着脸上的妆容，路遥的身影忽然出现在门口。他倚着门，看着镜子里的我，嘴角笑着。

“笑什么呀你？”我涂着口红，问道。

“笑我自己，为什么会遇到这么漂亮的你。”路遥慢慢走过来，从身后抱住我，用唇鼻去探索着我头发里的香味。

“这里是女生洗手间。”我说着想要掰开路遥抱住我腰的手，路遥不听，搂我更紧，近似无赖地说，“不要。”

我刚想挣脱，却听路遥的声音在耳畔响起，他说：“平安地回来，我想……想亲自给你戴上你引以为傲的翻檐帽，所以你千万不能有事。”

还没等我回答，他便松开手，往后退了两步，笑着说：“补完妆了赶紧过来，今晚说好的不醉不归。”言罢，他两只手揣进兜里，转身就回了KTV包间。

我整理了一下自己的着装，准备出去。

刚走到KTV门口的时，包间门忽然被拉开，蓝小贝跌跌撞撞从里面钻出来了。

“怎么了？”我连忙把滑下肩膀的包包提了上去，伸手扶着蓝小贝。蓝小贝捂着嘴，一把推开我就往洗手间里跑。

“贝贝。”我不放心地跟在她身后，也来到了洗手间。

蓝小贝趴在洗手池里，吐得胃里翻江倒海。

“难受……”她无力地从洗手池上滑下来，就地坐下，看样子已经醉得不轻了。

“不会喝酒就不要喝，你还偏偏逞强跟那群人玩游戏斗酒，你玩得过人家吗？”我一边抽出纸巾给蓝小贝擦着嘴角呕吐物的残余，一边嗔怪。

蓝小贝意识迷糊地嘟着嘴，跟个不满被训的孩童一样扑过来抱着我，埋怨道：“你别说了别说了嘛。”

“好好好，不说，我不说。”我无奈地抱着蓝小贝，慢慢地抚摸着她的后背，想让她舒服一点。蓝小贝靠在我身上，渐渐地安静了下来。

我一边哄着蓝小贝，一边想将她扶起来。这时，我忽然注意到明亮的墙壁上多出来了一个模糊的影子，我心下一惊，不安感瞬间弥漫了上来。

我还来不及安置好蓝小贝便觉眼前一黑，整个身体被罩进了一个黑色的袋子里。

紧接着，我便失去了意识。

一切如同我们计划的一般，我与蓝小贝假装脱离队伍，单独在一边。如果付秋衡的人一直在跟着我的话，一定不会放过这么好的机会。

为了让戏做得更逼真，警方没有派人守在KTV附近。

当我与蓝小贝失踪后，KTV里的人跟着计划走。众人发现异端，慌不择路地报警，马力假装喝醉了酒被送上出租车，实际上出租车师傅是警方的人假扮。出租车一直跟随着载有我与蓝小贝的卡车，行驶到指定路口便停止跟踪。大卡车的路线由马力发给警方，警方将调出相关路线的摄像头，追击大卡车的行踪。

最后，大卡车停在了丹华医院周边，车上的人拖着我与蓝小贝进入了监控死角。

我当时在黑色袋子里被击昏，浑然不记得是怎么到达另一个地方的。

醒来的时候，身周是个陌生的环境，我的一只腿被铁链拴住，只能在固定的一个范围行走。

我揉了揉眼睛，环顾四周，发现这是一个空间极大的密室，除我之外，还有另外四位女生被绑在这里，全都昏迷不醒。

“蓝小贝……”我晃神地站起来，却没在密室看到蓝小贝，反之在密室的中央看到一口玻璃棺材，还有一台手术台，手术台上躺着一个人。

“贝贝……”我朝手术台走过去，却发现自己被铁链束缚住，根本走不过去。我仰起头，看见了密室里的四个监控器，我冲着摄像头喊道，“付秋衡！我知道是你，你有本事出来见我！”

然而，却没有人回应我。

身边昏迷的四个女孩因为我的喊声而被惊醒，她们醒来后便如同受了什么惊吓一般，四个人挤在一起，抱着自己的膝盖瑟瑟发抖。

我走过去，蹲下身问：“你们没事吧？”

“别、别过来……别过来！”女孩子们的反应如同逃回家的小月一样，我心下不安，扭头望着手术台上，皱起了眉头。

警方一定能接收到我的讯息吧。

一天前，指挥员给我带过来一件东西。他说是M提炼的黑科技隐形眼镜，里面带有摄影功能。只要我戴着这只隐形眼镜，警方就能获取到我的位置，并能查看到我所看见的任何景象。

我看着挤成一团的四个瑟瑟发抖的女孩儿，忽然在其中一个人的头发上找到了一只黑色的细长发卡。我将发卡取下来用力地掰开，致使它的长度变长了一倍。

在精英训练营学的开锁技能总算能派上用场了。我用发卡将铁链的锁打开，然后相继解救了四个女孩儿。我将发卡掰回来别再衣领上，然后往手术台那边跑去。

手术台上的确是蓝小贝，看样子她还安然无恙。我又将视线放在旁边的玻璃棺里，里面躺着一个人，但脸上戴着面具，只是看脖子那一块，似乎看出这是个被烧伤的人。

我的手指轻轻触在玻璃棺材上，一阵刺骨的寒意渗进了我的皮肤。我连忙将手抽回来，心底的不安涌动起来——这里面是具尸体，而且是去世许久一直被冰冻避免破坏身体的尸体！

我倒吸了口气，连忙转身晃着蓝小贝："贝贝，贝贝！醒醒！"

不知为何，蓝小贝就跟沉睡了似的，怎么叫都叫不醒。我强迫自己冷静下来，趁着付秋衡没过来一定要想想办法。我环顾四周，目光落在密室旁的壁柜上。

我走过去，发现那里有许多医用器械，看上去都是为整容而准备的。忽然，我的视线落在一张相框上，那相框有个容颜温婉、玲珑的女子，我将照片拿起来，发现照片上的女子跟蓝小贝极其相似。

像是想到了什么，我的瞳孔渐渐缩小，不安在心底逐渐扩大。

丹华整形医院、漂亮的女生、被烧伤的女人尸体！我浑身冰凉，大口大口地喘气，觉得呼吸变得困难起来。

我抚着胸口，强迫自己冷静，然后一扭头，却看见了付秋衡放大在跟前的脸！

【5】

“啊——”我惊叫一声，脚下一软，身体失去平衡，撞到在壁柜上，手里的相框跌落在地上，“啪”的一声，玻璃镜面被摔碎了。

“别人的东西，不能乱碰。”付秋衡阴森森地说着，弯下腰将相框里的照片取了出来。他将照片举在我面前，问，“漂亮吗？”

我紧紧靠着壁柜，抓着柜沿。

他又说：“这是我妻子。”

我呆呆地看着玻璃棺材里模糊的身形，不可置信。付秋衡背对着我像是回忆美好的又不可饶恕的记忆一样，说：“那么大的火，我怀着孕的妻子在奋力地求救，可是从她身边逃出去的每一个人，没有一个人回头拉她一把，就这样让她在火海里活活地被烧死。方小姐，你说他们为什么不肯救她？”

我紧紧地靠着壁柜，看着付秋衡狰狞的脸。他又说：“我想啊，他们既然不肯救她，那我来救就好了，我妻子那么爱漂亮，生前为了让每个丑女孩儿变得自信，所以创立了丹华。但她呢？她却在一场大火里变得面目全非……我不允许她的身体有一点烧伤的痕迹！可是这些女的！”他指着不远处蜷缩在一起的四个女孩子说，“这些女的浑身上下的东西都不及我妻子的一半好！既然这样，凭什么比我妻子更好地活在这个世界上！她们就该变得不幸福、变成不被这个世界接受的样子，变疯！”

“是你疯了！”我尖声道。他竟然为了他死去的妻子，让这么多活生生的生命陷入危险，是他疯了……

“我没有！都是你们逼的！她们不曾善待我妻子，不曾救我妻子！我凭什么要善待他们！”付秋衡扭头怒吼，脸上青筋暴起。

“筱筱……”手术台上的蓝小贝似乎是被付秋衡的声音打扰，慢慢醒了过来，她撑起半个身体望向我。

付秋衡的脸色一变，迅速转身过去。我惊道：“贝贝快走！”

蓝小贝吓得从手术台上翻下去，我上前擒住付秋衡的双手，与之扭打在一团。付秋衡用脚一蹬手术台，将我往后一撞，我的脑袋磕在壁柜上，一时间头晕目眩。

“筱筱！筱筱救我！”模糊中，我听见蓝小贝惊恐的声音。我颤颤巍巍地站起来，感觉密室一阵旋转，好不容易稳定好自己时，我却看见付秋衡已经将蓝小贝绑在了手术台上。

“贝贝！”我喊着要冲上去，付秋衡却在蓝小贝的脸颊上方亮出一把匕首，呵斥道，“不准过来！”

我连忙驻足，伸手喊道：“别乱来！”

“别乱来的是你，你要是敢过来，我就把她的皮剥下来给我妻子用！”付秋衡此时此刻已经毫无理智，我往后退了两步举起双手说，“我不过去。”

蓝小贝在手术台上吓得一动也不敢动，只有嘴唇还在不停地哆嗦。

“转过身去！”付秋衡命令我，我怕蓝小贝受伤害，只好听话地转身，不敢动。

付秋衡扯开一大团绷带将我的手反绑在背后，然后，他按下墙上的某个开关，与密室墙壁颜色浑然为一体的门忽然打开。

这时，从外面走进来四位穿着白大褂，戴着口罩与帽子的医生，付秋衡让他们准备一下，马上就要手术。

其中一个医生走到我面前，挡住了我的视线，他轻轻一撩裤管，我看到他的短靴里插着一把匕首。我心领神会，原本坐在地上付秋衡就难以看清我在干什么，我蹭着地面移动过去，将匕首从对方的裤筒里抽了出来，割着绑在手腕上的绷带。

手术台上蓝小贝的抽泣声渐渐变小，付秋衡着装好，开始给蓝小贝做手术。

这时，原本明亮的密室忽然瞬间断电，里面变得漆黑。

我心里松了口气，这也是计划中的一部分——身在敌营的哥哥需要在外适时地切断电源。

付秋衡暴怒的声音从黑暗中传来，他喊道："维三！阿保！这是怎么回事？"

没人回答他，而唯一回应他的是四只手电筒的光芒。手电筒齐齐照在付秋衡的脸上，阻断他的视线，我见机起身，扑上去锁住付秋衡的喉咙将他压倒在地，然后大声喊道："带贝贝和那四个女生快走！"

扮作医生的是路遥四人，他们迅速扶起蓝小贝，又带着被关在这里的四个女生往外逃离。我紧紧扼着付秋衡脖子的胳膊忽然一阵刺疼，紧接着，一道寒光在黑夜里乍现！

是匕首！付秋衡又在我手臂上划上一道，我吃痛地松开力气，他立即爬起来朝蓝小贝扑去，善后的路遥将众人推出密室，转身间抓住付秋衡举着匕首刺下来的手腕。

他的力气自然敌不过付秋衡，匕首的锋芒就在自己的眼前，若片刻支撑不住，便会因此受伤。路遥吃力地坚持着，喊道："筱筱快走！"

我坐在地上，扭头看到了落在地上的手电筒。我抓起来跑到玻璃棺材旁边，使劲儿地推开棺材盖，喊道："付秋衡！你再不住手我就毁了你妻子的尸体！"

"不要……不要！"付秋衡的软肋被戳中，他放开了路遥，如护珍宝似的跑过来。他的手指拂过妻子脸上的面具，脸上眼泪纵横，他求着，"不要……不要碰她……求求你们了……"

路遥走过来，将我一把拉进怀里，带着我小心翼翼地往门口走去。来到门口，我正伸手要按下墙上的开关，一颗子弹却“啪”的一声在我耳边响起，穿进了墙壁之中。

路遥迅速带着我蹲下去，我将手电筒关闭，密室里又陷入一阵黑暗。

“都让你们不要动我妻子了，你们还动。你们一个一个，都该死！”付秋衡的声音像黑夜的鬼魅一样，带着死亡的气息。

路遥护着我，在伸手不见五指的密室里摸索着寻找可以挡避的物体。

“铮铮铮——”又是几颗子弹打在墙壁上，付秋衡失去理智道：“躲着干什么！缩头乌龟！”

恼怒的气焰越燃越大，付秋衡将所有的怨恨都承载在子弹上，发泄完后，手枪也只剩下空壳。

这时，密室外忽然响起了微弱的警声，能隐约听见外面的人在想办法打开密室的门，并让付秋衡不要负隅顽抗。

“这些所谓正义的警察！既然要来的话大家一起死好了！”付秋衡愤愤地丢了枪，将壁柜掀开。巨大的声响让我的肩膀为之一颤，路遥将我护在怀里，用自己宽厚的身体挡着我。

透过他的肩膀，我隐约看见付秋衡打开了一面储物柜，在储物柜里放置着一件东西，上面开始倒退的红色数字如同惊雷一般震慑着我。

“路遥……炸弹……”我的声音在哆嗦，路遥的身体一惊，缓缓扭头过去，三分钟的倒计时此刻已过去三十秒。

路遥方知语

门外的警方似乎已经接收到了我眸中隐形眼镜传出去的讯号，为了安全起见，大队人马逐渐在撤离。有人用身体撞击着门，隐约传来喊我的名字的声音

“是哥哥……”

路遥趁我不注意，抢过我手里的手电筒对我说：“一会儿你听着你哥哥的声音，往那个方向跑过去，我来牵制付秋衡。”

“你不跟我一起走吗？”我抓着路遥的袖子，担心地问。

“跟。”路遥说，“当然跟着你一起走，你走前面，我走后面，但我得保护你，明白吗？”

我望向装有炸弹的方向，上面的红色倒计时已经跳到了01:40。

我点点头，对路遥说：“听你的。”

路遥站起来，打开手电筒对准付秋衡的方向，喊道：“付秋衡！”

付秋衡眼睛遭受强光，惯性地伸手挡住了视线。我见此机会听着哥哥的声音，找准方向跑到门边按下墙上的按钮，密室门终于缓缓上升。

“筱筱！”哥哥的手从外面伸了过来，我抓着他的手，他一把将我拉进了怀里。

身旁的武警见势，欲进去抓人，我扭头喊道：“小心！有炸弹！”

武警撑住又开始下降的密室门，方便路遥逃出来。可路遥刚要跑出来的时候，就听见两声枪响，武警们的腿中了枪。

“他还有枪！”看着两位武警小腿中枪，纷纷倒在地上，密室门砸下

来，正好落在他们身上。

“路遥！”我爬过去，想要把密室门提起来，哥哥也赶紧过来帮忙。

此时，室内又一声枪响，密室墙壁上的按钮被子弹破坏。

身旁有个武警吃力地说：“有我们俩的身体撑着这扇门，你快从里面爬出来。”

“路遥。”我趴在地上，伸手进去想要抓住路遥的手，路遥的手刚触碰到我的指尖，身体便被付秋衡从里面拖了进去。

“路遥！”我尖声叫道，想要爬进去救他。

路遥的声音从里面传来，他喊道：“方宇维，带你妹妹走，带那些人走，时间来不及了！”

“我不行……路遥！”我害怕地叫着他的名字，身体却被哥哥抱起来往后拖。

“我不能走，我们说好一个在前面一个在后面，他要跟着我安全出来的。”我挣扎着，我不能丢下路遥一个人。

“筱筱。”哥哥将我扔给从外面赶来的救援队，双手提着密室门，让大家将两位武警从门底下救了出来。

我挣扎着抓住我双臂的救援队的束缚，恐慌地哭喊：“哥哥，救路遥！路遥还在里面，我求你了……救他——”

最后一个字的尾音响彻在狭小的过道里，与此同时响起来的还有巨大的爆炸声。

路遥方知语

“轰——”的一声，整个世界都安静了。我的耳边是尖锐的耳鸣声，我只感觉有一股强大的气流在冲击着我，有人扑过来将我保护在身下。

暗夜里的火光像只猛兽，将人悉数地吞没。

我在这样的火光里，意识被剥夺，灵魂被抽离。我的脑海一片空白，什么都想不起来，唯一挥之不去，直到晕厥都未忘记的，是那扇门里面的少年。

他在我垂死的意识里，一直追到梦里……

“方语筱，我是路遥，不要忘记我……”

他叫路遥。

我记着这个名字，而意识，终于变成了一片没有尽头的深渊。

尾声

活在心底深处的少年

路遥方知语

距离女性失踪案过去已经两个月了，重庆又迎来了酷暑的季节。

关于那次案件的细节，我记得的东西不多。医生说我受了惊吓，又因那场爆炸的原因，总有一些选择性的记忆在脑海中停留又失去，失去了又回来。

七月，哥哥带着靳蓉来到了我们家，见了爸爸妈妈。我仍旧“姐姐、姐姐”地叫着靳蓉，这个时候，哥哥就会赏我一个栗暴，说：“要叫嫂子在，知道吗？”

于是，从那以后，我管靳蓉叫嫂子，我不仅找回了疼我的哥哥，还多了一个疼我的嫂子。

这样的我，应该是高兴的。

可我怎么都高兴不起来。

我像有心事，但一时间却想不起来到底是什么事。

暑假，我常常去蓝小贝做兼职的咖啡厅去看她，偶尔我会遇到一个身材魁梧、老实却正义的男生来接她下班。

我问："贝贝，你什么时候谈的恋爱？"

蓝小贝捏捏我的脸颊，笑着说："很久啦，你想认识我男朋友吗？"

我说："我当然要认识他，我最好的朋友交往对象了，我怎么的也得帮你把把关，看他是不是真的对你好吧。"

蓝小贝看着我，说："筱筱，我男朋友叫庞阳，他是真的对我好，因为他出生入死地来救过我。"

庞阳？名字倒是有些熟悉，只是我想不起来在哪儿听到过。

九月，我回到警校，省局亲自过来为我颁发奖项，亲自为我授予属于女警的翻檐帽。

我站在台上，台下是雷鸣般的掌声，省局拿起翻檐帽要为我戴上，可我看到这顶帽子的时候却不由自主地后退了一步。

坐在旁边的老张关心地问："筱筱，你怎么了？"

我迟疑了一会儿，摇了摇头，说："没什么。"

然后，我让省局为我戴上了这顶帽子。

"筱筱，我想亲自给你戴上你引以为傲的翻檐帽。"

刚刚我的脑海忽然闪过这样一句话，我仿佛记得在什么地方，听什么人讲过一样。

当天，郭楠、小谢、杨梦繁带着我去校外吃烤串，说是为我庆功。

小谢跟我说，郭楠和杨梦繁的感情变得很好了，这一切都来源于一场唇印事件。杨梦繁得知郭楠私藏自己的唇印，羞得脸色泛白，狠狠地揍了郭楠。郭楠扛住揍，一声不吭，等杨梦繁打累了后，他居然豁出去给杨梦繁又一次深情告白了。

我笑了笑，没有说话。路边摊上，我的思绪一直不在这里，我看着他们一边说一边笑，然后望着玻璃杯里的啤酒发呆。

“哎呀对不起，我帮你擦擦。”

记忆里有个模糊的人影撞到过我，还将这样一杯酒泼在了我的胸前。

“老板，再来十多串羊肉串。”有少年清朗的声音响起，我抬起头望去，看到有个男生站在摊位面前跟老板有说有笑。

我慢慢地站起来走到他面前，不如往日那样勇敢地开口：“喂……”

前面的男生扭头看了我一眼，眼神中复杂的意味微微一闪，然后朝我微笑着。我歪着头，问：“我们……见过吗？”

“马力，还要一件啤酒！”旁边摊上有人冲这边喊道，眼前的男生回应了下，对老板说，“再拿一件啤酒。”

“好嘞。”有着啤酒肚的胖老板乐呵呵地又给他抱了一件啤酒。

叫马力的男生抱着啤酒，冲我盈盈一笑，说：“也许真的见过吧。”

然后，他便回到了自己的座位上。

杨梦繁扭过头喊我：“筱筱，不吃了吗？”

我回头，说：“吃。”然后，坐了回去。

位置上，郭楠和小谢说：“筱筱你真了不起，现在才大三就已经是实习警察了。”

没错，我已经是实习警察了，省局说我拥有实习警察拥有的所有权利，但是我的课业还是要继续完成，所以我暂时还会留在学校。

周末回家的时候，靳蓉在厨房帮爸爸妈妈洗碗，我走过去挽起袖子帮着靳蓉，问："嫂子，你记得马力、庞阳和杨一飞吗？"

靳蓉一愣，扭头问我："你怎么问起这个？"

"我只是觉得我好像认识他们，但是却没有一点记忆。"我揉着太阳穴，脑海里开始疼了起来。

靳蓉擦干净手，帮我揉着脑袋，温柔地说："现在没有记忆没有关系，医生说你丢失的一些记忆需要慢慢找回，所以我们每个人都不敢刺激到你。你要好好的，不要强迫自己去想起那些回忆，要慢慢地、不要心急，明白吗？"

我疲惫地点点头，说："好，我听你们的。"

九月底，学校安排学生去医院体检。我拿着自己的体检单去之前治疗我的医师那里去，我想问问他，最近总会想起一些好像发生过的事情，那些事情是不是我真正经历过的。

可半路中，我却停在了一间病房外。

透过病房门上的小玻璃往里看，里面的病床上躺着一个昏迷的少年。不知道是怎样的心情促使我推门进去，我慢慢地走向他，看着他沉睡的脸，一时有些失神。

他的额头上有伤疤，像经历了烈火炙灼。

不知为何，停在这里我就走不动了。少年他即使额上有疤，可他浓眉长睫，五官每一个细节都让我似曾相识。

我在床边的凳子上坐下，目不转睛地看着眼前的这张脸。看着看着，我的心就开始隐隐作痛，我脑海里仿佛又回到了那一日，巨大的爆破声，亮彻世界的火光。

我还想起那一日触碰到指尖上的冰凉，以及没有抓住的那个人。

记忆的光芒在瞳孔中熄灭，我伸手一抹脸，才惊觉脸上早就湿了一片——被泪水打湿的。

“去年九月，我好像认识了一个人，一个很重要的人。”我喃喃道，微微俯身，目不转睛地看着躺在床上的少年。

他的样子像是我心间的刺，每看一眼就会难过。

我问我自己，我认得他吗？我明明觉得认得，却又叫不出名字。

忽然，我脑海中响起了一个声音，不停地在脑海里盘旋。

他在说：“方语筱，我是路遥，不要忘记我……”

我重新看向少年，看着他紧闭的眉眼，心里猛地一抽，眼眶再度湿润起来。

我的手指轻轻抚摸过他额上的伤疤，温柔地喊着一个久违的名字。

“路……遥。”